2020 O INÍCIO DA

III GUERRA MUNDIAL

O FIM DA EUROPA

"Que o amor trave todas as guerras."

Nuno Nogueira Silva

Agradecimentos

O meu profundo obrigado aos meus queridos amigos com quem tive o privilégio de privar várias conversas sobre este romance; Margarida Guimarães, Marco Caetano, António, Irene, Cidália Fernandes.

Este romance não poderia ser o mesmo sem a generosa ajuda. Estendo o meu mais profundo apreço a todos vós.

Capítulo Um

Casota do Lobo

15, de Julho de 2020

Standt Park Steglitz Berlim

Rute continuava amarrada àquela cadeira de rodas. Tinha sido forçada e carregada naquela cadeira de rodas, do quarto de hotel Internacional de Berlim para a mala da e uma carrinha fechada, mais parecendo um pequeno T0 com rodas. Tratada como uma doente psiquiátrica, foi transportada para dentro da carrinha que nada tinha a ver com uma ambulância, mas sim com uma carrinha de entregas. Depressa passou de um tratamento de doente para ser transformada em mercadoria, que atirada para dentro de uma carrinha aos pontapés e empurrões ali ficou até chegar ao seu destino. Apenas sentiu os solavancos no interior da carrinha, sempre que passava em buracos na estrada. O seu corpo saltava a cada impacto, já devia estar a andar há horas pensava ela quando acordou. Ouvia o barulho de alguns carros que passavam por ela na estrada, mas não sabia para onde a levavam nem quanto tempo ali tinha passado, desde que saiu do quarto de hotel. Sentiu a carrinha a abrandar, pela primeira vez, no que parecia ser umas bombas de combustível. Aquele cheiro característico e forte a petróleo pairava no ar. Inconfundível sempre que tinha que abastecer o seu carro. Um cheiro que muitas vezes se apegava nas mãos, levando horas a desaparecer. A carrinha parou. Ouviu um pequeno barulho, alguém saiu da carrinha e fechou a porta à bruta, depois ouviu uns passos à sua volta no exterior da carrinha, um outro ruído que parecia ser o desapertar do tampão da gasolina. Alguém lá fora tinha pegado na mangueira para encher o depósito. O som do combustível a entrar no depósito da carrinha entoava do interior da carrinha.

Rute tentava a todo o custo fugir daquele pesadelo, mas não conseguia mexer-se. O corpo mal reagia às ordens dadas e impostas por ela. Ao ouvir algumas vozes do lado de fora da carrinha, resolveu bater com os pés da forma que podia, e com a força que lhe restava, contra as paredes metálicas da caixa de carga metálica da carrinha. Um esforço em vão, uma vez que também eles estavam atados tornando o impacto limitado. Era um esforço gigantesco, para um resultado tão insignificante. Tentava mexer a cabeça ainda sem forças para se erguer. Apenas sentia a chapa fria na pele onde assentava a cara. Ainda com algumas partes do corpo dormentes e pesarosas ali ficava imóvel, resultado dos efeitos do medicamento que lhe tinham dado. Parecia que tinha levado uma coça ou acabado de sair do bloco operatório. Ia lutando contra a impotência imposta pelas drogas, e mexendo o corpo como podia. Era uma luta enorme contra ela própria e contra o tempo.

Nesse instante um dos raptores, que estava sentado ao volante da carrinha, aumentou o som da música. Com a música mais alta ia abanando a cabeça, como se estivesse a dançar. Esperava que a música fosse o suficiente para abafar o barulho nas traseiras da carrinha. Não queria que ninguém se apercebesse do que se estava a passar. Tinha um chapéu preto de basebol enfiado na cabeça óculos escuros, observava de forma descontraída tudo à sua volta. Ia olhando para a direita e depois para a esquerda para ver se alguém se aproximava da carrinha. Com todo o rigor ia vigiando o perímetro, não deixando que ninguém se aproximasse da viatura. Com uma mão no volante e outra dentro do casaco estendido, mesmo ao seu lado no banco de passageiro, segurava a sua arma.

O outro homem, que o acompanhava, estava do lado de fora, quando terminou de abastecer a carrinha ainda encheu um pequeno bidão de gasolina. Depois entrou no interior da loja de abastecimento e comprou alguns mantimentos. Algumas sandes e algumas bebidas, pagou em dinheiro e entrou rapidamente dentro da carrinha. Assim que bateu a porta arrancaram estrada fora.

- Pensei que nunca mais vinhas. – Reclamou um dos raptores.

- Calma, está tudo sobre controlo. Ninguém nos seguiu.

- Temos que sair da estrada o mais rápido possível. Quanto mais rápido sairmos da estrada menos risco de sermos vistos, corremos.

Rute ouvia as suas vozes, mas nem falar podia, tinham-lhe tapado a boca, com um pano, atado pelo cachaço com bastante força. Questionava-se sobre o que lhe iria acontecer e porque a levavam brutalmente atada daquela maneira, engaiolada na sua carrinha, como mercadoria. Já não era a primeira vez, que ouvia relatos de mulheres raptadas e violadas. Eram muitas das vezes abusadas por vários homens que animavam as suas tardes ou noites quebrando a rotina e o bom senso. Estas mulheres eram transformadas numa diversão, macabra e gratuita. Eram amarradas nas traseiras de carrinhas ou nos bancos de trás dos carros, sendo abusadas vezes sem conta, por um ou por vários indivíduos. A brutalidade física e psicológica, em que estes atos aconteciam, era diabólica. Era o instinto animal que falava mais alto no reino dos homens.

Depois de abusadas eram largadas como lixo no meio da estrada, ou num beco, muitas das vezes nuas e feridas. Era uma forma a ferir ainda mais os seus sentimentos de tal maneira que não tivessem coragem para ir às autoridades.

Outras vezes obrigam-nas a drogar-se ou a beber grandes quantidades de álcool para não se lembrarem do que tinha acontecido. Nem sempre o desfecho era o mesmo. Diferentes eram muitas as vezes que simplesmente matavam-nas deixando-as numa valeta ou eram atiradas para lixeiras ou rios. A violência exercida nestes atos era de tal maneira traumatizante que algumas vítimas preferiam não falar. Muitas dessas vítimas viviam com esses traumas o resta das vidas. Outras acabavam por se suicidar não conseguindo seguir em frente. Rute temia agora pelo que lhe podia acontecer. Todos os cenários estavam em aberto, tinha que fugir antes que tal coisa lhe pudesse acontecer. Enquanto jornalista já tinha acompanhado de perto casos deste género. A sua experiência dava-lhe plena noção do perigo a que estava sujeita.

- A nossa hóspede está muito agitada.

- Porque dizes isso? – Perguntou um dos raptores espreitando para as traseiras da carrinha.

- Começou a fazer barulho quando estavas a abastecer. Tive que por a musica mais alto. As pessoas que iam a passar ainda começaram a olhar para mim. Estava a ver que tinha que usar a arma. – Comentou.

- Quando chegarmos ao esconderijo, podemos gastar as energias dela com algumas brincadeiras. Ela não é nada má. – Ironizou um dos raptores.

- Toma juízo! Não a raptamos para isso, quando receberes a tua parte do que nos vão pagar, podes divertir-te da forma que quiseres e com quem quiseres. Agora temos que aguardar instruções. Eles ainda não ligaram, a perguntar pelo disco.

Rute ouvia tudo o que eles diziam, e sabia que corria perigo de vida. Tinham recebido ordens de alguém para encontrar um disco e estavam determinados em descobrir o seu paradeiro. Essa seria a única razão porque ainda a mantinham viva.

A carrinha Ford que transportava Rute parou. Estava junto ao parque Standt Park Steglitz, em Berlim, junto do rio Spree. Pouco mais se ouvia do que as folhas das árvores a abanar ao som do vento e a água do rio a correr. Ficava na parte norte de Berlim, não muito longe do centro da cidade, mas num lugar muito calmo e despercebido. Havia um lote de cinco cabanas utilizadas por alguns naturistas, que alugavam em tempos aquelas casas para passar alguns dias em contacto com a natureza. Era uma forma de sair da rotina e azáfama da cidade. Um projeto que tinha sido desenhado pelo governo local, no intuito de aproximação do verde da natureza com o cinzento da cidade de Berlim.

Um dos raptores escondeu a carrinha, na parte de trás de uma dessas cabanas, tapando-a com um pano e arbustos que se encontravam caídos no chão. Retiraram Rute do interior da carrinha mas sempre amarrada à cadeira de rodas. Empurraram-na até ao interior da casa colocando-a mesmo no meio da sala. Tudo à sua volta era novo e estranho. Saiu em poucos minutos do meio de grandes prédios para se encontrar em nenhures dentro de uma cabana.

A cabana era toda em madeira, à exceção de uma das paredes, do lado norte da casa, que era em pedra, com uma lareira no meio. Certamente para prevenir incêndios, nos dias em que a lareira fosse acesa. Uma cabana toda em madeira com uma pequena faúlha no chão seria como pólvora. Existiam poucos móveis transmitindo ao local um ar rústico e frio. Sentia-se o ar abafado e húmido deixado pelo inverno no interior da casa, sinónimo de ter estado fechada e abandonada, já há algum tempo. Tinham sido muito utilizadas ao longo de vários anos. Hoje só mesmo em algumas épocas a que passava por ali alguém. Um alvo fácil para drogados ou sem abrigo, que muitas das vezes partem vidros das janelas e portas vandalizando as casas.

- Agora esperamos que ela acorde?

- Não. Vai buscar um balde de água. Vais ver que acorda.

Rute continuava meia atordoada, com o corpo ainda dormente e a cabeça descaída. Ouvia as vozes e temia pela sua vida, mas não podia fazer nada. Estava atada a uma cadeira de rodas e entregue à sorte. Com toda a brutalidade foi lançado um balde de água contra a sua cara. Rute sacudia-se como podia com os membros todos atados. Era ultrajante demais ter os membros todos e numa necessidade como esta não os puder utilizar, nem um, para limpar a cara e os olhos, encharcados de água. O embate da água fria cortou-lhe a respiração, despertando-a. Agora compreendia na primeira pessoa e da pior maneira, o que sentiam todas aquelas pessoas acamadas, sendo tetraplégicas vítimas de algum acidente, querendo comunicar com o corpo, mas em vão. Ficavam paradas para a vida mas cheias de necessidades, físicas e emocionais. Um dos raptores tirou o pano da boca.

- Agora diz-me onde está o disco?

- Qual disco?! – Exclamou Rute perdida por completo no meio daqueles dois homens.

Um dos homens avançou um pouco mais, enquanto berrava com ela, pousou uma faca no chão e agarrou-lhe com força nos cabelos. Puxou-os com tanta força, que Rute sentiu que lhos ia arrancar.

- Escuta com atenção! Podemos resolver isto depressa e sem dor. Ou podemos fazer com que o teu desejo de viver seja encurtado, quando já não aguentares mais as dores do sofrimento. Posso pegar naquela faca e fazer-te viários cortes pelo teu lindo corpo todo até falares. Tens uma cara muito bonita. Seria uma pena estraga-la.

Rute.
- Já disse que não sei de disco nenhum. – Suplicou

Ao dizer isso o homem que agarrava os seus cabelos com bastante força, puxava-os para trás falando-lhe bem perto do ouvido. Sem que Rute dissesse uma única palavra o raptor levantou-se furioso com a atitude dela e com a outra mão deu-lhe um valente estalo na cara.

Rute tombou de imediato junto com a cadeira. Bateu no soalho de madeira com a testa, marcando-a de imediato. Era visível o sangue a escorrer pela testa, com um golpe feito pela queda. Ainda meio anestesiada pela pancada sentia o fio de sangue quente a escorrer pela cara fria. Um sentimento, muito estranho e novo para Rute.

- Temos tempo. Levaremos o tempo que quiseres até falares, mas acabarás por ceder e nos entregar o disco. – Ironizou um dos homens.

Rute estava exausta, entre bofetadas na cara, berros nos seus ouvidos e aqueles puxões nos cabelos, faziam-na tremer por todos os cantos do corpo. Preferia a morte imediata, a tudo o que estava a ser sujeita nas últimas horas. Lamentava o triste final que os deuses tinham reservado para sua vida. Queria tanto que aquele sofrimento parasse ali mesmo. Se a queriam matar bastava que lhe dessem um tiro, ou cortassem os pulsos, seria uma morte mais rápida.

Rute sempre desejou, sem arrependimento que quando tivesse que morrer, que fosse de forma rápida, sem dor, sem tempo de lamentações ou recordações, arrependimentos ou súplicas. Há um ditado que diz que quando os deuses nos querem castigar ouvem as nossas preces. Rute tinha recebido precisamente o contrário das suas preces. Tinha no seu coração algumas imagens bonitas da sua vida, uma morte rápida não teria tempo para as apagar todas essas imagens da sua vida. Tinha vivido sempre em função dos seus desejos. Dizia que preferia não viver a pôr de lado a sua felicidade e liberdade. Há muito que levava o seu lema avante, viajando de forma livre e feliz.

- A dor depende de ti. Podemos tornar esta dor ainda muito maior. Apenas estamos nas caricias. A dor maior ainda está para vir.

- Por favor, deixem-me em paz. – Suplicava Rute.

- Apenas queremos o disco. Diz-me onde está ele?

- Não o tenho. Quantas vezes e em que língua tenho que repetir que não o tenho. – Berrava Rute de forma desesperada.

Rute levou com mais um balde de água fria. Nem mesmo aquela água a cair no seu corpo fazia parar a transpiração de medo. Uns suores frios congelavam-na. Um dos homens que estava a sua frente, quase com mais de cem quilos tinha uns braços gigantescos, que pareciam pernas. A cada bofetada que levava, era como levar um pontapé. Mal abriu os olhos sacudindo a cabeça encharcada de água, ainda vendo tudo enublado a sua frente e já estava a levar um soco. A sua cara era agora o ultimo brinquedo daqueles gorilas à sua frente.

- Seus brutos. – Murmurou Rute.

- Se não dizes onde está o disco ainda vais sofrer mais.

Rute já mal conseguia falar. A sua boca sentia o paladar do seu sangue.

- Vai buscar um alicate. – Disse um dos homens para o outro que participou no rapto.

Enquanto um foi buscar um alicate o outro agarrou nas pernas de Rute. Ela ainda lutou quando lhe arrancaram os sapatos. Que poderiam estar a planear agora, para lhe arrancar os sapatos. Estariam dispostos a arrancar-lhe a roupa toda e quem sabe a viola-la até à morte. As suas caras eram de marginais da pior espécie, que só se vê nas fotos dos jornais com o anúncio de um julgamento ou assalto. Pareciam tirados de uma prisão de alta segurança para encetar este rapto. A sociedade tinha cada vez mais alguma relutância em os aceitar de volta. Ficavam à mercê de pequenos serviços ou voltavam ao mundo criminal.

- Vamos voltar a perguntar-te onde está o disco. Tens dez oportunidades. Por cada vez que não responderes corretamente, arrancamos-te uma unha. Vai ser uma a uma até não teres mais nenhuma nos pés. O melhor seria entregares já o disco de uma vez por todas.

- Mas eu não tenho disco nenhum. – Exclamou Rute cada vez mais assustada.

- Onde está ele? Se tens amor às tuas unhas, diz-me onde está o disco.

Rute engolia em seco e não respondeu. Queria tanto voltar atrás uns dias. Queria ter tido a oportunidade de dizer o quanto amava Johnny. Queria partilhar mais um dos momentos que os livros de princesa tinham quando era pequena. Queria ter realizado o sonho de ter subido o altar vestida de noiva. Tinha sonhado com a chegada do seu príncipe encantado durante anos. Agora tinha-o encontrando, mas já não podia dizer-lhe tudo o que o seu coração sentia. Talvez até nunca mais o ver. As pisaduras do corpo e as poças de sangue no chão de madeira, eram as suas provas dos maus tratos a que tinha sido sujeita.

Um sentimento de perda e impotência reinava no seu coração. Trocava o dobro daquele sofrimento por uns minutos com ele. Estava tão abalada que mais um pouco de dor acabaria por a matar.

Não podiam estar a falar verdade, ninguém arranca uma unha assim, a outra pessoa, a sangue frio. No momento que arrancassem a sua primeira unha dos pés, desmaiaria de imediato. Mesmo assim trocava bem uma unha do pé suportando todo esse sofrimento, apenas por uns minutos em frente a Johnny, para lhe dizer, vezes sem conta o quanto o amava. Rute estava exausta e muito mal tratada, nas mãos daqueles dois homens.

Capítulo Dois

Três dias antes

Porto, 12 de Julho de 2020

Johnny conduzia o seu Volkswagen Golf cabriolet azul céu de 1987, pela avenida da Foz no Porto. O contraste da cor azul da carroçaria com a cor preta da capota, dava-lhe bastante distinção ao clássico. Já não se fabricavam carros destes, e ter uma relíquia automóvel toda restaurada, era o mesmo que ter um modelo único. O Sol batia suave naquele fim de manhã, estávamos a doze de julho de 2020, o verão mantinha a tradição, de contemplar como julho, um dos três meses mais quentes do ano. De óculos de sol e acompanhado por Rute sua namorada, percorria as ruas do Porto passeavam e saboreavam aquele momento de extremo relaxamento. Uma mistura de sentimentos, o sol quente, que lhes batia na cara, era refrescada com o vento do andamento do carro. Poder conduzir um cabriolet era para Johnny um sentimento de liberdade.

Johnny tinha herdado aquele carro do seu pai, e tinha crescido grande parte da sua vida dentro dele. Acompanhando o seu pai nas muitas viagens que fizeram juntos até à praia no verão, desejando muito ser ele a conduzi-lo. Hoje esse sonho tinha-se realizado. Agora aquele carro era seu, e nem as grandes novidades do ramo automóvel, com todas as modernices, moviam a sua paixão. Tinha marcado almoçar no luxuoso restaurante ``Twin´s Foz´´ situado na avenida da Foz, com uma vista invejável para o mar.

Assim que avistou o restaurante, deu o pisca do lado direito, para poder entrar no parque do restaurante. Estacionou-o no meio de duas grandes marcas do segmento automóvel, reconhecidas mundialmente. Um Porsche Carrera e um Jaguar.

Num local conhecido pelo poder económico, e que quem lá vive, e que faz questão de o mostrar e manter esse status. O restaurante Twin´s Foz acolhia-os a todos. Para ter uma mesa disponível era preciso marcar com alguma antecedência. Às vezes meses de espera. Conhecido pelo seu requinte e pela famosa cozinha, com uns pratos únicos. Desde o famoso prato de costeletas de borrego, com molho de vinho aromático, acompanhado com puré de castanha, a uma infindável lista de sobremesas, faziam do Twin´s Foz um restaurante desejado. Muitos casais de namorados marcavam mesa para pedidos de casamento.

- Não fechas a capota do carro? – Perguntou Rute.

- Penso que não irá chover.

- Não era bem nisso que estava a pensar. Podem roubá-lo.

- Quando chegar a vez de roubarem o meu, já o parque estará vazio.

- Se assim o dizes, vamos entrando. – Disse Rute.

Johnny e Rute deram as mãos subindo a escadaria em pedra do restaurante. Abriram a porta que dava acesso, ao hall de entrada. Aguardaram uns minutos e logo chegou um empregado.

- Posso ajudar?

- Sim. Tenho uma mesa reservada para dois. – Explicou Johnny.

- Qual o nome, em que está reservada?

- Johnny.

- Deixe-me ver. Sim está aqui. Queiram acompanhar-me.

Os dois seguiram pela sala o empregado que os encaminhou para a mesa reservada. Cruzaram-se com muitas mesas cheias. Continuava a ser um restaurante muito concorrido e isso era visível na ocupação das mesas.

- Façam favor. – Sugeriu o empregado que puxava a cadeira para que Rute se pudesse sentar.

- Muito obrigada. – Agradeceu Rute.

Os dois sentaram-se olhando ao seu redor admirando a beleza do restaurante. A vista para o exterior fazia do oceano atlântico um quadro incansável de ser admirado. A Foz do Douro era o local onde o rio Douro se encontrava com o Oceano Atlântico, desaguando ai as suas águas doces no mar salgado.

- Muito bonito isto por aqui. Não só o restaurante como a vista. – Agradeceu Rute olhando tudo à sua volta.

- Ainda bem que gostas não foi fácil arranjar lugar. É um restaurante muito concorrido. Como podes ver as mesas estão cheias.

- Então como fizeste? – Perguntou Rute.

- Bem, tive acesso à lista de espera. Depois tive que matar umas quantas pessoas, que tinham reservado a mesa, antes de mim, para ficar com o lugar deles. – Disse Johnny rindo.

Johnny era agente especial da polícia judiciária. Um trabalho que era mais exigente do que pensava. Era uma vida inconstante na perseguição do perigo. Quando se alistou, para fazer os testes de admissão, para o curso de polícia de investigação. Fora motivado pelos filmes de cinema, mas a realidade em que se encontrava agora, era bem diferente. Depois de acabar o seu décimo segundo ano, as suas ambições na faculdade eram apenas um caminho para fugir ao mercado de trabalho.

Já tinha alguns amigos licenciados, que não conseguiam arranjar emprego na área a que tinham dedicado anos de estudo. Assim optou por uma carreira no combate ao crime. Algumas situações do dia-a-dia, eram não só arriscadas, como psicologicamente desgastantes. Passavam dias a vigiar locais e pessoas. Com o tempo, ia se apercebendo que prender os maus da fita, nem sempre era solução para o fim do crime.

Por vezes é preciso deixar o peixe nadar, passando do aquário para as águas de vários rios deixando de ser um predador para ser um isco. Tinham que deixar os bandidos em liberdade para apanhar um peixe ainda maior. No inicio faia-lhe imensa confusão. Era um risco muito grande, se corresse mal, podia perder o peixe pequeno e o grande.

- Já escolheram? – Perguntou o empregado.

- Sim. Vamos querer uma dourada grelhada acompanhada com batata a murro. – Disse Johnny.

- Muito boa escolha. Para beber? – Perguntou o empregado.

- Água para os dois.

O almoço foi servido, e ambos saborearam a dourada grelhada. Estava uma delícia. Ambos falavam de tudo e de nada, de como tinha corrido o seu primeiro ano de namoro, e dos muitos projetos futuros. No fim foi servida uma sobremesa.

- Queiram aceitar uma cortesia do chefe. Depois se preferirem podem pedir uma outra sobremesa. – Explicou o empregado.

- Obrigado. – Ambos agradeceram a cortesia.

O empregado serviu, um bolo de folhado com uns morangos laminados e um fio de chocolate desenhando um pequeno coração.

- Não estava nada à espera! Mas com este aspeto deixemos as dietas de lado. – Desculpou-se Rute.

- Diria mais, irrecusável. – Afirmou Johnny fixando Rute com um olhar.

- Irrecusável seria vires comigo. Tenho que estar em Roma para a entrevista com o Bispo Pedro e depois seguimos para Berlim, para mais uma entrevista marcada com o Presidente da Alemanha. Penso que correrá tudo bem, apesar da quantidade de perguntas que levo no bolso. Estas entrevistas podem-me ajudar a subir na minha carreira profissional. – Explicou Rute.

- Teremos mais oportunidades. Acabaria por limitar o teu trabalho, tendo em conta, que neste momento, terei que continuar aqui a fazer o meu trabalho. Estamos a meio de algo importante. Não posso ausentar-me sempre que me apetece. Depois teria que ficar sozinho no hotel enquanto estarias na entrevista. – Disse Johnny.

- Depois iria ter contigo. Ia fazer com que a espera valesse a pena.

- Tenho trabalho. E tu também.

- Vais dizer-me que isso é assim tão importante. Mais que estar comigo? – Perguntou Rute.

- Nada é mais importante do que estar contigo. – Afirmou Johnny.

Enquanto falavam Rute desviou o olhar sobre o prato que continha aquele pedaço de pecado delicioso. A conversa não estava a tomar o rumo que desejava. Cortou o bolo bem pelo meio, com alguma dificuldade. Rute ficou espantada. O bolo parecia não querer partir, como se fosse velho e duro.

Quando Rute tirou a cobertura de morangos laminados, encontrou uma pequena caixa, Olhou para Johnny.

- Que é isto? – Perguntou Rute.

- Não sei, está no teu prato, só pode ser para ti.

Muito espantada e com algum receio, Rute lá separou o bolo da pequena caixa que vinha no recheio, pegou no seu guardanapo e limpou-a muito bem, em seguida abriu-a. A sua curiosidade foi mais rápida que qualquer pergunta. Lá dentro estava um lindíssimo anel de ouro amarelo com uma pequena pedra vermelha muito brilhante. O contraste com o interior da caixa em prata espelhava luz. Rute ficou de boca aberta olhando o anel e Johnny ao mesmo tempo. Durante alguns segundos não houve nenhum suspiro. Apenas uma sensação de alegria percorria todo o seu corpo.

- Que vem a ser isto? – Perguntou Rute.

Johnny pegou na sua mão com delicadeza, acariciou-a e fez-lhe um sorriso. Era visível o seu estado de choque.

- Faz hoje, um ano que iniciamos o nosso namoro. Quero que este dia não passe em branco. Que não seja igual a muitos outros. Quero que este dia seja o marco para todo o sempre. Pensei muito no assunto.

- És doido. – Anuiu Rute.

- Não... Não sou de brincar com os sentimentos de ninguém. Sinto que é o momento de dar o passo em frente. Fui abençoado quando te encontrei, não quero perder isso agora. Sei o que quero. Quero que recebas este anel em prova do meu amor por ti. Quero que saibas que és importante para mim. Quero que saibas que, a minha vida és tu. Tu completas a minha vida. – Exprimiu-se Johnny.

Rute não tinha palavras, não tinha planeado nada, nem mesmo uma pequena prenda. Seria apenas um almoço normal, como muitos outros, antes de partir para Roma onde iria fazer mais uma entrevista, como muitas outras reportagens que já tinha feito pelo mundo fora.

Rute era jornalista na Televisão Independente, mas nunca aceitou bem a ideia, de estar a escrever à frente de um computador constantemente. Viver a sua profissão atrás de uma secretaria protegida pelas quatro paredes do escritório, estava fora de questão, como tinha acontecido nos dois primeiros anos, escrevendo no jornal de notícias do Porto. As suas ambições iam mais longe. Sentia-se presa, e lutou para que lhe dessem uma oportunidade de ser pivô no terreno. Quando ela chegou agarrou-a com as duas mãos.

Gostava de estar no terreno, de ver as coisas com os próprios olhos. De ver, nos olhos das pessoas, os sentimentos das palavras e emoções pronunciadas. Verdadeiras ou camufladas não interessava. Queria sentir o que estava a conhecer na pele, para poder dar a melhor notícia ou reportagem. Gostava de absorver tudo o que rodeava a notícia, para poder melhor traduzia-la, sendo muitas das vezes capaz de escrever mesmo no local pequenas notas, observando a notícia mesmo à sua frente.

Mesmo estando habituada a lidar com as surpresas da vida e com emoções fortes das notícias, que lhe apareciam diariamente nas mãos não consegui ficar indiferente ao gesto que Johnny tinha feito. Significava muito para ela, era a prova que lhe faltava. Mesmo sabendo que iria estar fora uns dias em trabalho, o que seria um pequeno entrave, nos festejos daquele momento.

Rute não conseguiu segurar as lágrimas, e antes que alguém se apercebesse de alguma coisa, pôs-se de pé inclinando-se para cima da mesa. Com toda a ternura do mundo os seus lábios se uniram. Rute beijou Johnny intensamente.

- Obrigado, por me estragares a maquilhagem. – Disse Rute, enquanto limpava as lágrimas com um lenço de papel.

- Não sejas tonta. Eu a que agradeço por evitares-me um ataque de coração e uma ida ao cardiologista.

- Porquê, estavas com algum medo da reação? – Questionou Rute.

- No que toca ao coração, tenho sempre muito medo. Sou muito frágil nesse campo. Apesar de no meu dia-a-dia ser obrigado a manter o sangue frio, e um rosto sério. Sou obrigado a deixar muitas vezes os sentimentos de lado. Na verdade sou muito mais frágil do que o meu rosto demonstra.

- Então afinal não és mau, apenas foste treinado para parecer mau. – Disse Rute rindo.

- Mais ao menos isso.

Johnny levantou a mão, e chamou o empregado do restaurante, que passava por entre as mesas da sala, que após avistar Johnny com o braço no ar, se dirigiu ao seu encontro de imediato.

- Por favor traga-me a minha conta. - Pediu Johnny.

- Com certeza. - Respondeu o empregado.

A conta foi trazida, e Johnny pagou sem cerimónia, o desfecho valia qualquer preço. Antes de se levantar pegou em duas moedas de um euro e juntou ao montante apresentado na fatura e deixando como gorjeta. Tudo tinha corrido como planeado. Rute ainda flutuava de emoção.

De mão dada pelo corredor, dirigiram-se para a porta de saída do restaurante. Eram 13h 35m e só tinha que apanhar o avião às 17h 55m. Rute já tinha tudo combinado com Óscar, o operador de imagem que a ia acompanhar na viagem, para as entrevistas marcadas em Roma e Berlim. Tinham combinado que se encontravam no aeroporto uma hora antes da hora de voo. A mala de viagem estava no carro de Johnny, e era mesmo só depositar Rute no Aeroporto Sá carneiro duas horas antes da hora do voo como mandam as regras de embarque. Ainda havia tempo para um passeio à beira-mar.

Rute estava muito feliz, estava ao lado do homem que a amava, e por cada dia que passava, mais segura se sentia relativamente à sua escolha. Já perto da porta de saída, Rute fez um pequeno sorriso, olhou para o lado direito e não vendo ninguém, puxou Johnny para umas escadas, que mais parecia que dava acesso a uma garagem e não à saída. Johnny deixou-se conduzir, interrogando-se sobre as intenções de Rute.

- Para onde me levas? – Perguntou Johnny.

- Estás com medo?

- Contigo tenho sempre medo. – Respondeu Johnny.

- Porquê?

- Ainda fazes de mim uma notícia, ficando com o exclusivo. Acabo por aparecer no jornal das oito. O mundo iria se assustar.

- Agrada-me a ideia, mas terá que ficar para uma notícia ainda maior que o anúncio do nosso noivado.

Depois de descerem as escadas, lá estavam eles naquela garagem do restaurante, escura e completamente desabitada, com algumas viaturas ali espalhadas. Apenas duas luzes que assinalavam a saída estavam acesas. Aquelas duas placas sinaléticas hoje faziam o efeito de belas naquele momento romântico. Não era um local muito charmoso, nem indicado para o momento, mas teria que servir se queriam um momento a dois. As viaturas ali estacionadas seriam talvez de algum empregado ou dos donos do restaurante. Rute encostou Johnny a uma das viaturas ali mais próxima, e beijou-o.

- Que estás a fazer? – Perguntou Johnny.

- Chiu, ainda nos ouvem. – Disse Rute.

Dizendo isso, Rute insistiu em puxar Johnny para ela. Decidiu ataca-lo com os seus lábios. Os dois deixaram-se envolver por aquele momento de paixão. Rute foi deslizando as suas mãos até chegar a anca de Johnny. Desapertou o cinto das calças de Johnny, que depressa deslizaram pernas abaixo até pararem no chão. De seguida, desapertou a camisa botão a botão de forma delicada. Por mais que Johnny quisesse dizer não, Rute mantinha a sua boca ocupada com os seus lábios. Em seguida beijou o pescoço, e com a sua mão esquerda apertou cada um dos mamilos com a ponta dos dedos. Johnny já estava a ferver, e já não se conseguia controlar, esquecendo-se completamente do local onde se encontravam. O mundo à sua volta tinha deixado de existir ou fazer sentido.

Já não pensava mais se poderia ser apanhado ali ou não. Apenas pensava em Rute, no sabor dos seus lábios, e na doçura da sua pele que roçava na dele. Johnny pegou em

Rute pelo ar, e de forma lenta pousou-a em cimo do capô do carro que ali estava. Puxou as suas mãos para trás, quase obrigando Rute a deitar-se por completo em cima do capot do carro, sem nenhuma resistência. Levantou-lhe a blusa e foi desapertando o soutien, que num ápice libertou os seus seios deixando-os livres. Depois beijou cada um dos seios de Rute. Foi lambendo cada um com a ponta da língua, seguido de uma pequena mordidela no mamilo, ao que Rute não conseguiu conter um pequeno gemido de prazer. Johnny ia tentando fixa-la nos olhos. O seu brilho intensificava-se como dois faróis no meio da noite.

Rute estava mesmo hipnotizada e pronta para que os seus corpos, começassem a dançar a música da paixão. Com uma respiração ritmada pelo toque dos lábios, e caricias das suas mãos, que percorriam todo o corpo, sem tabus naquela garagem, e se tornassem um corpo só. Com as suas pernas entrelaçadas nas dele, Rute puxou Johnny ainda mais um pouco para cima dela prendendo-o contra o seu corpo. Johnny já estava completamente nu, e com o seu sexo bem erguido. Mal se encostou ao seu corpo, fez-lhe a vontade e penetrou-a. De mãos dadas iam se beijando enquanto os corpos unidos libertavam suores de paixão.

Os gemidos de prazer que seguiram, foram o rematar de um compromisso de amor, e o sublinhar daquele noivado. Rute deitada naquele capô de viatura, de mãos dadas com Johnny saboreava cada movimento deslizando pelo capot do carro contra o corpo de Johnny. Os movimentos continuaram até os dois atingirem o orgasmo. Os ecos que se ouviram naquela garagem, acordaria quem por ali estivesse a dormir. Mas a entrega dos dois fez esquecer tudo à sua volta.

Os minutos que se seguiram foram de entrega. Amando-se de corpo e alma até atingirem o clímax. Depois ainda ali ficaram abraçados durante alguns segundos, trocando pequenos mimos e caricias, até se largarem e vestirem-se. De olhos postos um no outro, soltavam pequenos sorrisos. Era uma loucura, envolverem-se assim, tão intensamente num local tão pouco privado.

- És mais maluca do que eu pensava. – Afirmou Johnny.

- Ainda bem, que ainda te consigo surpreender. Será sinonimo que o nosso amor não está entregue a monotonia. – Arrematou Rute.

- Acho que estamos ainda um pouco longe de atingir esse patamar. - Concluiu Johnny.

- Pensavas que me ia embora, sem deixar o meu perfume no teu corpo? – Perguntou Rute.

- Não tinha pensado nisso, senão tinha comprado o teu perfume, para pôr no meu carro. Assim na tua ausência e por cada vez que quisesse lembrar--me de ti, salpicava um pouco do perfume no ar que respiro. Seria como se preenchesses todo o ar que respiro, tendo-te ali mesmo. – Disse Johnny.

- Agora já não precisas disso, tens o meu cheiro colado ao teu. Para que todas as mulheres saibam que és meu.

Os dois iam se vestindo com os olhos postos nos quatro cantos da garagem, com medo que fossem descobertos. Tinham-se deixado levar pela emoção e pelo momento, não calcularam os riscos. Vestiram-se com os olhos postos um no outro. Um olhar cúmplice e sincero na emoção daquele momento de loucura que só sente quando se ama. Depois subiram calmamente as escadas que tinham descido a correr, Rute encostava a cabeça nos ombros de Johnny firmando-se no seu braço esquerdo, para subir cada degrau. De forma natural e abandonaram o restaurante.

Entraram no carro de Johnny e seguiram para o Aeroporto Sá Carneiro. Rute tinha que apanhar o avião rumo a Itália para uma entrevista com o Bispo Pedro no Vaticano, depois seguia para Berlim para mais uma entrevista, desta vez com o Presidente da Alemanha. O seu colega Óscar, operador de câmara que viajava muitas vezes com ela, já lá estaria à sua espera.

Johnny, não dizia nada das suas viagens, confiava em Rute. Mesmo que algum ciúme lhe passasse pela cabeça, ou viesse a sentir-se, nunca dizia nada. As coisas estavam bem, não havia caso para alarme. Quanto mais se pensa no problema, mais depressa ele acaba por acontecer.

Quando chegaram ao aeroporto, Johnny parou o carro junto à entrada da porta das partidas, nas paragens rápidas. Saiu do carro tirou a mala de Rute e colocou-a no passeio.

- Cá estás, a horas de apanhar o teu avião.

- Obrigada por este fantástico almoço. – Agradeceu Rute.

- Eu é que agradeço, por cada minuto que passas comigo. És a minha fonte de vida. Em ti renasço todos os dias.

- Sabes, para mim, estar contigo, é como entrar num SPA, ou respirar o ar da praia. Consegues quebrar o gelo do dia à dia, e me dar segurança e conforto. – Disse Rute.

- Obrigado.

Rute tirou do pulso o seu relógio e colocou-o no pulso de Johnny.

- Não será um pouco feminino demais. – Disse Johnny.

- Fui apanhada de surpresa com este pedido de noivado. Não tenho nada para te dar agora. Para além da promessa do meu amor por ti, quero que fiques com este relógio. Quero que o guardes como se ele fosse eu. Sempre ao pé de ti. Poderás contar o tempo que estiver ausente. Esperando assim a hora de eu chegar.

- Assim farei. Ficará comigo até chegares. Vou contar todos os minutos. Espero que não seja muito doloroso, ter que contar todos os minutos longe de ti.

Rute abraçou Johnny com toda a sua força e de seguida beijou-o. Um beijo intenso e profundo, era como se os dois se fundissem num só a cada beijo. Uma imagem clássica de dois jovens apaixonados. No fim, respirou fundo e pegou na sua mala cor-de-rosa pousada no passeio. Puxou a asa da sua mala e arrastou-a deslizando-a depois com as rodas pousadas no chão. Foi caminhando para dentro do aeroporto, passando pelas duas portas em vidro, que se abriram automaticamente com a sua aproximação da entrada. Ia acenando com a sua mão esquerda atirando beijos. Um atrás de outro, um sentimento de plena felicidade pairava sobre Rute.

Johnny entrou dentro do seu carro. O seu olhar apenas tinha uma direção. Ficou a olhar para Rute recebendo os beijos e a atenção que lhe dava antes de partir. Não durou muito tempo, porque depressa desapareceu, no meio de tanta gente que circulava dentro do aeroporto. Em seguida olhou para o relógio que Rute tinha amorosamente colocado no seu pulso. Tinha prometido guarda-lo no seu pulso, mas preferiu tira-lo e coloca-lo no seu bolso. Eram 16h45m, desapertou a correia metálica e colocou-o no bolso. Pôs o seu Golf cabriolet a trabalhar, deu o pisca da esquerda e meteu-se à estrada.

- Se não vir o tempo passar, talvez ele passe mais rápido. Será mais rápido e menos dolorosa a distância. Depois não condizia com a roupa. – Justificou Johnny a sua atitude.

Capítulo Três

Casota do Lobo

15, de Julho de 2020

Standt Park Steglitz Berlim

Os delírios de Rute e as viagens do seu coração enrolados em lençóis cor-de-rosa, eram quebrados pelo impacto do alicate, frio e áspero em contacto com o seu dedo do pé. Um dos homens agarrou numa perna com força, e outro com uma mão segurou o pé, num movimento brusco apanhou a unha do pé esquerdo de Rute, com o alicate empunhado.

Já não podia gritar, tinham-lhe tapado a novamente boca, desta vez com fita adesiva. Rute tentava a todo o custo desviar o pé das mãos monstruosas daqueles dois homens que se pareciam mais com monstros sem sentimentos.

Murmurava, gemidos e palavrões, pela angústia que tinha por estar amarrada naquela cadeira de rodas. Era como se o seu fim de vida, estivesse espreitando mesmo ali na esquina a sua frente. Esperava apenas que a morte levasse com ela o seu sofrimento. Temia que fosse ficar escrava desta cadeira, nos últimos segundo de vida. Nunca tinha pensado em morrer muito menos quando ainda só tinha apenas trinta anos. Tão nova pensava ela. Nem à curva do fim da vida tinha chegado, havia ainda muito para descobrir e viver.

Rute defendia que se a esperança de vida com o avançar da medicina estava nos oitenta anos os seus trinta não chegavam nem a metade. Não tinha constituído família, nem feito, todas as loucuras que a vida permite antes de assentar. Para quem iria ficar o seu apartamento todo mobilado na avenida da Boavista no Porto? Se fosse casada com Johnny deixava-o para ele, assim em último caso ficaria para os pais, ou entregue ao abandono.

- Onde está o disco? – Perguntou aos gritos mais uma vez um dos homens.

- hum. – Murmurou Rute.

- Vou perguntar mais uma vez. Se tens o disco contigo abanas com a cabeça a dizer que sim. Se não o fizeres arranco-te uma unha, uma a uma até nos dizeres onde está. A dor será uma viagem longa e pouco agradável, posso assegurar-te. Já tive alguns passageiros, que não gostaram da viagem, outros não viveram o suficiente para reclamar.

Rute não fazia mais nada, que abanar a cabeça. Com os olhos arregalados de pânico e medo. Já tinha sentido na pele que não estavam ali para brincadeiras. Agora arrancar uma unha a sangue frio era desumano. Aquela ameaça não parecia ser um aviso, mas um fato. Assustada, abanava a cabeça continuamente, afirmando desconhecer o paradeiro do disco.

- Não te lembras? Vou-te refrescar a memória. Vais acabar por falar mais que um papagaio.

Um dos homens agarrou com mais força e precisão na perna de Rute, enquanto o outro segurava-a pelos ombros, mantendo-a presa a cadeira de rodas, que se mexia o quanto podia. Ele abriu o alicate com uma das mãos, para desespero de Rute, que esticava as pernas com toda a força que lhe restava. O alicate foi esmagando a unha até a separar da carne do dedo do pé. A força exercida por ela com as mãos, agarrando-se aos ferros da cadeira de rodas, onde estava amarrada, demonstravam a dor que causava arrancar uma unha, com o alicate a sangue frio. Era inumano o que se estava a passar. Esticou o corpo até contrair os seus músculos ao limite, soltando gritos profundos de dor. Um bocado do seu corpo tinha sido arrancado.

Aqueles gritos silenciosos, abafados pelo pano que tinha na boca eram esgotantes, não só física, como psicologicamente. Tudo a sua volta ficou turvo e enublado. Num grito silencioso deixou cair por terra, a sua sensibilidade, daquele momento e a exatidão do presente. Como uma morta estava ali sentada naquela cadeira sem reação alguma. O seu corpo não tinha aguentado. Tinha desmaiado com tamanha dor.

Com a perna ao pendente, e com uma unha do pé arrancada, Rute sangrava, como um porco acabado de ser golpeado. Com o dedo em carne viva, o sangue continuava a cair. Uma pequena poça de sangue ia se formando gota a gota debaixo do seu pé. Um dos homens ainda lhe deu um estalo para a acordar, mas sem reação por parte de Rute. Parecia que tinha passado para o lado dos mortos, muito antes de desfalecer.

- Viste o que fizeste? - Constatou um dos homens.

- Diz-me lá o que fiz.

- Fizeste com que ela desmaiasse. Agora não poderá dizer-nos nada. Temos que encontrar o disco.

- Ela não morreu, apenas desmaiou.

- Como tens tanta certeza? – Perguntou um deles.

- Já não é a primeira vez que faço isto. Apenas não aguentou a dor.

- O lobo vai ligar-nos, e ainda não temos qualquer informação do paradeiro do disco. Pode simplesmente estar a dizer a verdade e não ter nenhum disco. Nem sabemos ao certo se o disco existe, muito menos que esteja com ela.

Procuramos tudo no quarto do hotel, e não vi disco nenhum, se estivesse lá teríamos encontrado. Remexemos tudo, e ainda revistamo-la bem, de cima a baixo, e nada.

- Mas e se na verdade não há disco?

- Calma vamos acorda-la. Acabará por falar.

- Mas se ela não falar?

- Arrancamos-lhe mais uma unha. Vai acabar por nos dar tudo o que quisermos saber.

- Já vi o resultado de arrancar uma unha. Imagina se arrancares mais uma. Pode simplesmente nunca mais acordar, fintando-lhe o coração com um ataque destes, ou ainda maior.

Definitivamente não estavam ali para criar amigos. Tinham um objetivo. Queriam saber o paradeiro de um disco, e iriam fazer tudo para o conseguir. O lobo deveria ser o chefe. Cada vez que falavam dele ficavam arrepiados. Não o conheciam pessoalmente, nem nunca lhe tinham posto os olhos em cima. Eram contratados, apenas por telefone. Sempre que era preciso um serviço recebiam uma mensagem no telefone, outras vezes depois seguia-se um telefonema. Os pagamentos eram sempre entregues no locais diferentes a combinar. Algumas vezes eram entregues num café que frequentassem ou em estabelecimentos de diversão noturna.

Nunca o tinham visto pessoalmente, logo não sabiam como ele era. Apenas o mito do seu mau feitio. Reinavam boatos que uma vez por um serviço que correra mal, tinha saído da toca para matar pessoalmente os homens que tinha contratado. Nunca deixava uma ponta solta. Ele sabia onde os contactar, e como contratar este tipo de serviço, mas ninguém sabia quem ele era ou onde estava. Podia ser, uma pessoa qualquer que cruzasse com eles na rua. Quem sabe até um vizinho. As suas ordens eram para cumprir à risca, falhar não estava nas cláusulas do contrato.

- Vai buscar mais um balde de água. A nossa menina precisa de mais um banho fresco. – Ordenou um dos homens, vendo que ela estava desfalecida.

Rute continuava inconsciente, mas não por muito tempo. Eles estavam decididos a arrancar-lhe a informação, a todo o custo e por todos os meios. A tortura iria continuar. Ela podia sempre mentir, dizendo que o disco que procuravam, estava num local bem longe, e ganhar umas horas ou dias de sossego, mas podia muito bem piorar as coisas. Quando descobrissem que tinha mentido a tortura voltava e quem sabe em escala bem maior, eles não estavam ali para brincar. Não havia piedade, para esta gente. Eram gente da pior espécie. Faltava saber por quanto tempo iria Rute aguentar.

Capítulo Quatro

Berlim

Um dia antes

14, de Julho de 2020

Rute e Óscar aterraram no Aeroporto Internacional de Berlim-Schonefeld, procedentes do Aeroporto Leonardo da Vinci, em Itália. Uma viagem curta e rápida, sem turbulência nem atrasos. Não era sempre assim, sendo muitas das vezes surpreendidos, com greves ou atrasos. Nalgumas das muitas viagens de Rute ao estrangeiro, numa viagem para entrevistas a cargo da televisão independente, aconteciam muitas das vezes alguns imprevistos deste género.

Quando foi a Espanha para relatar as eleições das Presidências Espanholas, no dia do regresso a Portugal havia greve nos aviões. Ficou presa no Aeroporto Internacional de Barajas, durante horas, o que a obrigou a voltar de carro para Portugal. Estava sempre pendente da sua agenda, e as obrigações falavam mais alto, pois tinha que cumprir com a sua agenda os locais e os horários marcados. As notícias não esperam, simplesmente acontecem. Tiveram que alugar um carro no aeroporto em Espanha e deixa-lo no aeroporto Sá Carneiro no Porto, onde estava previsto a sua entrega.

- Chegámos.

- Parecemos ladrões. – Reclamou Óscar.

- Porque dizes isso? – Questionou Rute.

- Andámos de país em país como se fosses ladrões. Nem tempo para dormir, em condições temos. Parece que somos bandidos e que nos perseguem de arma em punho. Já tenho saudades da minha cama. Temos andado a dormitar nos bancos do avião ou do aeroporto, esperando o horário dos aviões.

- Só pensas em dormir. – Afirmou Rute rindo, olhando para a cara de Óscar todo ensonado.

- Eu gosto muito do meu travesseiro. Aliás, acho, que estou apaixonado por ele. – Explicou Óscar.

- Já vais ter tempo para dormir. Esta noite vamos ficar hospedados no melhor hotel de Berlim. – Retorquiu Rute.

Agora Rute estava em Berlim, viajou de táxi até ao hotel Internacional de Steglitz, onde ficaria hospedada junto com Óscar. Seria apenas aquela noite, depois regressariam a Portugal, e à televisão independente. Pelo caminho no interior do táxi até ao hotel, poderiam apreciar Berlim. Uma cidade que mais parecia uma encruzilhada cheia de protagonistas. Eram prédios e mais prédios misturados entre a pedra e o betão. Eram visíveis vários vestígios inequívocos de história. Opulência imperial. Genialidade artística, insanidade fascista, utopia comunista, capitalismo desenfreado. Os monumentos e os prédios mostravam bem os tempos em que a Alemanha participou na guerra fria. Muitos destes prédios foram deitados abaixo e reconstruidos de raiz, outros apenas sofreram intervenções profundas de restauro. Eram marcos de quem viveu as duas grandes guerras.

- Esta cidade é enorme! – Comentou Rute.

- Não queria viver aqui.

- Porquê? – Perguntou Rute.

- Já vistes a cara das pessoas. Tristes, sem vida como fossem zombies, chispados para trabalho casa. Casa e trabalho. Não sei se não terão vendido a alma ao diabo e transformados em robot. Sim, porque nesta altura tudo é pretexto para realizar dinheiro. – Afirmou Óscar.

- Que exagero Óscar! – Resmungou Rute, vendo que Óscar tinha entrado em Berlim à minutos, e já estava a colar etiquetas por todo o lado.

- Pessoas assim não podem ser boas pessoas. Talvez carreguem um fardo muito grande. O medo da perca de emprego, a falta de dinheiro, ou simplesmente a desilusão com a vida.

- Sabes Óscar, a vida molda-nos. O povo Alemão também já viveu tempos difíceis. Alguns deles muito recentes, são invadidos diariamente por vários povos, que lhes tiram o trabalho e se misturam com a sua gente. Isso tem os seus reflexos negativos na vida destas pessoas. Isso socialmente pode criar um problema. Quem sabe uma terceira guerra mundial. Aliás é nessa linha que aqui viemos hoje. – Concluiu Rute.

- Talvez seja isso.

Berlim tinha uma população de três, vírgula cinco milhões de pessoas dentro dos limites da cidade, fazendo de Berlim a terceira maior cidade populacional da Comunidade Europeia. Sendo Londres a cidade mais populacional com mais de oito milhões de pessoas. Para quem se cruzava nas ruas não esperaria que ali vivesse tanta gente. Todos eram conhecedores dos bunkers existentes por debaixo da cidade. Hoje muito utilizados como atração turística. Parecia que as pessoas habitavam os bunkers deixados intactos desde a guerra fria. O trânsito era desviado do centro da cidade com muita facilidade. Não havendo uma confusão caótica nas ruas.

Mesmo com o passar dos anos e dos séculos, Berlim herdou e absorveu todos estes acontecimentos visíveis nos seus monumentos. Soube enquadrar o seu crescimento, mantendo vincados no seu ADN urbanístico as batalhas que travaram, como símbolo de coragem e historia.

Não havia muito tempo para uma visita guiada. Conhecer Berlim a palmo exigia vários dias de estadia, tinha que ficar para uma próxima visita. Eram precisos alguns dias para mergulhar em toda a história envolvente e conhecê-la. Tinham que deixar as malas no hotel Internacional de Steglitz e regressar o mais rápido para o Palácio de Reichstag, onde iria decorrer a entrevista. Todos os minutos eram poucos para programar e cumprir os horários marcados na sua agenda. Conhecido pela sua construção e pela Cúpula que era composta por aço e ferro que atraia diariamente muitos turistas. Uma construção muito avançada para a época em que foi construída. Esta era uma das preferíveis atrações para os turistas que visitavam Berlim, pois ela é aberta aos visitantes. Dela se obtém, uma vista impressionante sobre a cidade de Berlim. Durante todo o ano, milhares de turistas passam por ali, e se deslumbravam com a vista. Ninguém resiste a levar para casa uma fotografia tirada lá de cima.

Rute e Óscar passaram pela receção, e depois de se registarem no hotel, foram aos seus quartos deixar as malas. Sem grandes cerimónias e tempo para repousar, desceram novamente até à entrada do hotel. Apanharam novamente o táxi que esperou na entrada do hotel e seguiram para o Palácio de Reichstag. Assim que lá chegaram, pagaram o táxi e entraram na entrada principal do Palácio de Reichstag. Estavam prontos para a grande entrevista com o presidente da Alemanha. Esta viagem tinha sido programada com bastante tempo de antecedência.

- Tens tudo contigo? – Perguntou Óscar.

- Sim.

- Espero que não tenhas deixado nada importante no hotel.

- Fica descansado. Tenho tudo comigo. Até a cabeça.

- Não confio nesta gente. – Disse Óscar.

- Não comeces. Não podes julgar sem conhecer. Se sais por aí com o dedo apontado às pessoas, levarás de Berlim uma má recordação. – Disse Rute.

- Quem não sorri para dizer bom dia, não pode ser boa gente. – Disse Óscar

Depois de alguns minutos de táxi pelas ruas de Berlim, Rute estava dentro da sala mais importante da Alemanha. Estava no interior do Palácio de Reichstag, com mais de cento e trinta anos. Era dentro deste edifício que se tomavam as mais importantes decisões para a Alemanha, e para a Europa há anos. O Palácio de Reichstag foi sede de governo nas duas grandes guerras, que apesar de um forte incêndio em mil novecentos e trinta e três o edifício sobreviveu. Foi restaurado e mais tarde mantido oficialmente como sede do governo e da Alemanha.

Óscar era o operador de câmara que sempre acompanhava Rute, hoje era um dia como todos os outros, normais de trabalho. Tinha que fazer filmagem da entrevista ao Presidente da Alemanha. Preparava a sua câmara para filmar a entrevista, tudo tinha que ser revisto ao pormenor. Nada que lhe fizesse confusão. A experiência dava-lhe alguma calma, e os seus quarenta anos e vinte de profissão eram o suficiente para que tudo estivesse sempre pronto.

Agora escolhia o melhor ângulo e posição em função da claridade da sala. Debaixo de um olhar atento de dois seguranças do tamanho de um armário, Rute relia as perguntas que tinha preparado para esta entrevista. Com umas folhas na mão, caminhava de lado para lado enquanto relia as perguntas.

Óscar limpou a lente da câmara com um pano, ajeitou o tripé. Em seguida, abriu um saco e tirou um cabo que o desenrolou até à tomada mais próxima, e de imediato ligou-a. Voltou para junto da câmara e tentou fixar a imagem a Rute que caminhava de lado para lado na sala lendo e relendo as perguntas. Uma preparação que era feita religiosamente antes de cada entrevista.

- Ainda não pode começar a gravar! – Interrompeu um dos seguranças.

- Sim, eu sei. Estamos apenas fazendo alguns testes. – Corrigiu Óscar.

Havia um protocolo muito rígido dentro do parlamento alemão. Nada podia ser filmado sem autorização prévia. Todas as imagens eram controladas. Aqueles seguranças não estavam ali por acaso. Vigiavam cada movimento que Rute e Óscar faziam. Tudo era relatado ao minuto, antes da entrada do presidente Alemão na sala.

- Está tudo preparado da tua parte? – Perguntou Rute.

- Sim. Sinto é uma grande tensão nestes seguranças. – Sussurrou Óscar.

- Imagina e a entrevista ainda não começou. – Concluiu Rute, arregalando os olhos.

- Tem cuidado com as perguntas que vais fazer. Ainda saímos pela janela, em vez de pela porta por onde entramos. – Alertou Óscar.

- São perguntas normais, relacionadas com a atualidade, e todos estes movimentos financeiros à volta da

Alemanha e da Europa. Falam em milhões com tanta facilidade.

- Espero que sim. Mas contigo. – Insinuou Óscar.

- O que queres dizer com isso? – Questionou Rute, abrindo os braços com as folhas das perguntas na mão.

- Nada. Mas às vezes deixas cair o papel de jornalista e passas ao papel de polícia. – Explicou Óscar.

- Fica descansado, cumpriremos o protocolo. Será uma entrevista, completamente pacifica e dentro da normalidade.

Rute tinha um faro para a notícia. Se como isso não preenchesse todos os requisitos para um jornalista, tinha ainda um sexto sentido muito apurado, não fosse ela mulher. Os anos que tinha de experiência no jornalismo, fizeram de Rute um cão de caça de notícias. Ia para as entrevistas como quem vai para a caça. Explorava a entrevista ou a notícia até apanhar toda a informação pretendida.

Era como quem espremia uma laranja até à última gota de sumo. Tornara-se conhecida pelas perguntas polémicas lançadas nas suas entrevistas. Dava-lhe imenso gozo descobrir algumas putrefactas e fazer delas notícias. Ninguém sabia quem eram as suas fontes. Na realidade as notícias apareciam com muita facilidade, em cada esquina, depois era seguir o rasto.

Alguns partidos já a tinham aliciado com convites para se juntar às suas causas, quer de uma cor ou de outra. Rute preferiu ficar neutra no seu canto mantendo as suas convicções. Dizia que era muito fácil cair abaixo da cadeira, construindo uma falsa narrativa. Assim que se assumisse como partidária, de algum partido, as suas entrevistas passavam a ser vistas como tendenciosas.

Depois nada tinha a ganhar em contar uma notícia pela metade, com medo de ferir um ou outro partido. Ficava irritada quando chegava à redação com uma boa notícia e que a direção não a deixava avançar. Eram horas de entrevista e pesquisa de investigação, para depois ver recusada a sua publicação mesmo sendo na maioria das vezes de fontes fidedignas. Nem todas as notícias podiam ser publicadas.

Rute abriu o seu saco de mão preto, tirou a escova de cabelo e em duas escovagens deu um pequeno retoque ao cabelo. Em seguida pegou na sua caixinha da saúde, como muitas vezes lhe chamava, à sua caixa de maquilhagem. Com um pincel retocou o rosto. Era importante manter uma boa imagem, escondendo muitas vezes o cansaço da viagem, e algumas imperfeições da pele, originadas pela má alimentação.

Estava apenas a puxar as pontas, do seu casaco azul clássico, quando as grandes portas da sala se abriram. Acompanhado pela sua Secretária e pelo Vice-Presidente, o Presidente da Alemanha deu entrada na sala com toda a serenidade, dirigindo-se ao encontro de Rute.

- Fez boa viagem? – Perguntou o Presidente.

- Sim, muito obrigada.

- Quer beber alguma coisa?

- Muito obrigada, mas já fui servida. Fomos muito bem recebidos.

- Ainda bem. Nem poderia ser de outra forma. Que imagens levariam da Alemanha para Portugal.

Rute sentia-se na verdade mais como uma prisioneira. Vigiada a cada movimento que fazia, depois da revista rigorosa na entrada do Palácio de Reichstag. Teve que passar

44

o detetor de metais à chegada do Palácio. Cada bolsa do seu saco foi aberta, todo o cuidado era pouco com quem entrava no palácio de Reichstag, tudo pela quantidade de ameaças que diariamente, estavam sujeitos.

- Sentemo-nos? Perguntou Rute.

- Sim.

Óscar esperava o sinal de Rute para começar a gravar. Em menos de um minuto estava tudo pronto. Rute molhou os lábios num copo de água. Pegou nas suas folhas com as perguntas e deu sinal a Óscar.

- Em três, dois, um. Estamos a gravar. – Disse Óscar.

- Em direto do Palácio de Reichstag, tenho comigo o atual Presidente da Alemanha.

Rute fazia a apresentação da peça que estava a gravar. Como era habitual neste tipo de entrevistas. O público não existia, mas as gravações eram feitas a pensar no público.

- Sr. Presidente. Muito obrigado por nos receber neste lindíssimo Palácio de Reichstag, carregado de história. Antes de mais queria-lhe perguntar o que espera neste momento do futuro da União Europeia? – Perguntou Rute.

- Eu a que agradeço a vossa visita. È como sempre, um prazer falar deste projeto que já há muitos anos, une toda uma parte do mundo, na sua moeda única e nas suas transações. Quer de pessoas quer de produtos. Tem sido, muitos os anos na luta pelo equilíbrio financeiro. Espero que sobretudo continuemos neste caminho todos juntos e unidos. Têm sidos feitos alguns esforços, em alguns países, que recorreram à ajuda externa. Outros países de forma a não desassossegar nem a prejudicar, mais ainda a economia na zona Euro vão recebendo alguns apoios. Não somos os únicos no mundo com este tipo de problemas. Fora da união Europeia eles também existem.

Basicamente existe uma estratégia com metas definidas, e no cumprimento dessas metas, poderemos encontrar o equilíbrio para remar ao crescimento. Estamos cada vez mais próximos e atentos às necessidades de cada país, para um apoio mais rápido e conciso. – Explicou o Presidente da Alemanha.

- Senhor. Presidente, há quem diga que a Europa, não é nada mais nada menos que um desenho de um franchising. Tendo-a Alemanha como master desse franchising. O que acha desta afirmação?

Antes de responder o presidente da Alemanha olhou para o seu conselheiro. Não estava à espera desta pergunta. Neste tipo de entrevistas as perguntas são apresentadas antes da entrevista acontecer. Rute tinha posto um pouco de lado as perguntas aprovadas pelo governo Alemão uma semana antes da entrevista. Cabia ao presidente responder ou não, mas ficava sempre mal não responder às perguntas colocadas, mesmo se muitas das vezes eram desviadas do ponto fulcral da questão. Óscar continuava a filmar e nem se apercebeu se a pergunta fazia parte da lista de perguntas, não era para essa função que ali estava.

- Não de forma alguma. A União Europeia, como sabe, apenas foi criada no sentido de facilitar o crescimento dos países. Facilitar a comercialização dos produtos, que anteriormente perdiam valores nos câmbios da moeda. A moeda única e a quebra das fronteiras, permitiu essa liberdade de país para país quer de produtos quer de pessoas. – Respondeu O presidente da Alemanha.

A entrevista decorria cada vez mais para fora do plano traçado pelas perguntas expostas semanas antes.

46

- Então não concorda quando dizem que a Alemanha serve-se dos países da União Europeia para vender os produtos que produz? – Questionou Rute, com mais uma pergunta. Não deixava muito tempo para pensar, estava a ser uma pergunta atrás de outra.

- Claro que não. É uma observação sem qualquer fundamento. A Alemanha produz e vende os seus produtos internamente e externamente da mesma forma que os outros países da zona Euro. È um direito de todos os países membros. Podem vender as suas produções para o estrangeiro, da mesma forma que a Alemanha faz.

- Sr. Presidente, a União Europeia distribuiu dinheiros com base em acordos assinados, para acabar com alguns sectores de produção. Com isso não acompanharam o crescimento do sector primário e industrial. Assim a indústria acaba por ser aniquilada.

- Repare. Esse tipo de opinião é fácil tela hoje. Mas cada país assinou um protocolo com o benefício de receber apoios para ajudar no crescimento. Coube a cada país gerir esse dinheiro e investimento.

- Senhor presidente mais uma pergunta. Existem cada vez mais grupos anti Europa. Alguns organizados fora da Europa outros mesmo dentro da Europa. Contestam a austeridade e as imposições da União Europeia. De certa forma acham, que existe uma tentativa de dominar a Europa, impondo as suas regras inalteráveis, e quem sabe, a seguir, dominar o mundo. O que pensa destes grupos? – Perguntou Rute.

O presidente da Alemanha olhava uma vez mais o conselheiro presente na sala, que olhava a lista de perguntas na procura da pergunta feira. Encolheu os ombros. Afirmando com a cabeça que não encontrava a pergunta. Mais uma pergunta que não estava na lista de perguntas autorizadas. Agora seria um pouco tarde para abandonar a entrevista e sair porta fora. O presidente da Alemanha fixou o olhar sobre Rute antes de responder. Tinha perdido todo o entusiasmo inicial da entrevista. O que seria uma entrevista, tornou-se rapidamente num debate de campanha política.

- A Alemanha nunca quis dominar a Europa nem o mundo. – Retorquiu O Presidente da Alemanha.

- Não é o que reina a história, e o povo um pouco por todo o mundo começa a ficar preocupado. – Interrompeu Rute.

- Eram outros tempos, não estamos em guerra com ninguém, nem dentro ou fora da Europa. Não sabemos a quem pertencem esses grupos, e se são criados por alguém insatisfeito com a Europa. Na verdade, podem ser criados por algum partido com interesses na queda do governo ou para desviar atenções noutros países como a China ou os Estados Unidos que continua na corrida no equilibro na tentativa da valorização do Dólar e do Yuan. Estamos atentos, e faremos tudo, para os parar na altura que puserem em risco a segurança das pessoas e os interesses da Europa. A Alemanha por iniciativa própria não pode andar a arrumar a casa dos outros. Vivemos numa Europa democrática. Temos que saber esperar o pedido de ajuda.

- Senhor Presidente, diga-me por favor se a União Europeia não tem interesses particularmente em que os países membros fiquem cada vez mais descapitalizados? Pode parecer estranho, mas se assim fosse, os países ficariam financeiramente mais fracos e dependentes de ajuda. Teriam que vender património para equilibrar as balanças financeiras. Com uma situação assim seria mais fácil obriga-los, a depender do seu financiamento? Vendendo património, estariam a vender o chão que pisam, correndo o risco de se instalar uma guerra social ou financeira. - Perguntou Rute.

- De forma alguma. Isso seria pior para a Europa Comunitária. Com os países em crise, seria muito mais difícil comprar ou vender com quer que seja, muito menos importar. Seria um pouco a imagem em que vivemos, desemprego e fome. Existe uma corrente de economistas que defendem que os países estão a importar menos, por isso há quem diga que os países estão a melhor. È mentira, ou se preferir uma falsa verdade. Estão simplesmente a importar menos porque o consumo e as produções baixaram, e isso não é bom para ninguém, nem para a Europa nem para os países membros. – Explicou o Presidente da Alemanha.

Rute concordava com o presidente da Alemanha. Se o poder de compra baixou, automaticamente as importações baixaram também.

- Sr. Presidente, entendo a sua forma de ver as coisas, mas chegou às minhas mãos um disco com um plano diabólico para a Europa. As pistas que tenho seguido, indicam que foi desenhado por alguém no interior da Alemanha, e quem sabe do governo. – Disse Rute.

- Um disco!!! Que tipo de disco?

- Não posso adiantar muito mais. Ainda estamos a analisar. Um disco com informações constrangedoras para os países membros da Europa. Algo relacionado com encomendas, compras, manipulação de informação sobre a intenção de uma nova união. – Concluiu Rute, guardando para si a restante informação.

- Não podemos entrar em teorias de conspiração, quando falamos da Europa e da fragilidade que isso pode trazer. A Alemanha está tão limpa como a água. Se um dia esse disco vier a público iremos constatar que não passa de mais uma tentativa de arruinar as estratégias montadas para o melhoramento da Europa. Nada garante que o conteúdo desse disco não seja apenas pura especulação. Presumo mesmo que seja. Quem sabe até montado por jornalistas para vender jornais ou audiências. Acho que nada vai pôr em causa todo um trabalho contínuo de muitos anos em prol da Europa. – Afirmou o Presidente da Alemanha.

A entrevista começava a ter um tom pouco amistoso. Era colocado o dedo na ferida. As questões eram um pouco impertinentes. Iam mais longe do que era permitido, e punham em causa a honestidade da Alemanha na Europa Comunitária.

Poucas mais perguntas foram feitas, e a entrevista acabou poucos minutos depois. Antes de deixarem a sala, o Presidente despediu-se de Rute e de Óscar. O vice-presidente também fez questão de dirigir umas palavras a Rute.

- Devia ter mais cuidado com o que diz. – Afirmou o vice-presidente.

- O que quer dizer com isso? – Perguntou Rute, dando um passo para trás.

- Levanta questões sobre temas ou coisas que não existem, não é bom para ninguém. Fala da existência de um disco fantasma. Pondo em causa o bom nome da Alemanha.

- Eu tenho mesmo a informação de que falo. Todo um plano para a Europa liderado pela Alemanha. Caiu-me nas mãos assim sem mais nem menos, fruto da profissão. Depois de ver o seu conteúdo também fiquei incrédula, o que me obriga a fazer um longo caminho de jornalismo antes de vir a público. Este disco está em meu poder e poucas pessoas ainda sabem da sua existência. Entendo que seja preciso reunir muitas mais informações, antes de divulga-lo. Sinto essa responsabilidade de só o fazer quando tiver a certeza que o seu conteúdo faz sentido.

- Se diz que o tem porque não mo mostra, para vermos o seu conteúdo? – Perguntou o vice-presidente da Alemanha.

- Está guardado num local seguro. Quando chegar a conclusão será divulgado.

- Faz muito bem. Espero que conclua rápido toda a sua teoria, para vermos publicado o conteúdo do disco. Esperemos que seja verdade, para não estragar a sua reputação, enquanto jornalista. Tenha cuidado.

- Vou ter cuidado. Fique descansado. – Assegurou Rute, convicta que estava no bom caminho.

Rute recuperava lentamente da asneira que tinha feito. Se calhar não deveria ter falado do disco. Seria uma carta para jogar mais tarde. Mantê-lo guardado no segredo dos deuses, podia ajuda-la na conquista de mais informação. Não tinha medo que fosse caso de por a sua vida em risco, não havia razões para isso, pensava ela. Mas podiam sempre utilizar, o poder que possuía o governo Alemão, para que tal informação nunca fosse publicada. Aquela entrevista tinha-se dirigido para um caminho de contradição e dúvidas, que Rute não tolerou, nem se conteve em mostrar parte da informação que tinha sobre o disco. Tinha que jogar essa cartada por mais arriscada que ela fosse. O efeito surpreso, podia trazer ainda mais alguma informação.

- O que se passou ali? – Perguntou Óscar.

- Nada. Apenas uma pequena chamada de atenção.

- Por causa do disco que já tinhas falado? - Perguntou Óscar.

- Sim.

- É mesmo verdade, o que dizes sobre o disco? – Insistiu Óscar.

- Tu viste, como eu, a reação deles quando falei no disco. Ficaram calados. Olharam, varias vezes um para o outro antes, de responderem às minhas perguntas. Não devo estar muito longe da verdade, é uma questão de analisar tudo o que tenho com mais cuidado. Com todas as entrevistas e o conteúdo do disco, conseguirei desvendar o plano.

- Sim, particularmente a parte do cuidado. Quanto mais rápido chegar a casa mais rápido me sinto em segurança. – Disse Óscar.

Rute e Óscar saíram do Palácio de Reichstag debaixo de uns olhares pouco amistosos.

- Agora vamos diretos para o Hotel Internacional Steglitz. Precisamos ainda afinar a entrevista antes de envia-la para a redação. Até porque só temos voo amanhã. – Explicou Rute.

- Sim é uma boa ideia, preciso de descansar. Estou farto de andar de lado para lado como uma barata tonta. Parecemos ciganos.

- Quando pensei em ser jornalista foi mesmo por isto. Para correr o mundo, recolher informações entrevistar pessoas, e no fim registar tudo para divulgar ao mundo. – Explicou Rute, com um ar segura de si é fiel do resultado da entrevista.

- Mas temos sempre de andar atrás das desgraças. – Lamentou Óscar.

- Não são histórias de amor, disso tens razão. Seria mais fácil se assim fosse, tudo cor-de-rosa.

- Vou ter que pedir, transferência para o canal de desporto. – Afirmou Óscar.

- Ainda levas com uma bola ou cais a uma piscina dos jogos olímpicos. – Ironizou Rute Rindo.

- Parece-me menos arriscado e menos perigoso que este tipo de entrevista. Ao menos sei quem chutou a bola. Com o que tens nesse disco podemos estar a incomodar gente poderosa, peixe graúdo com as tuas perguntas. Ainda acabamos presos sem saber quem deu a ordem. Ou mortos sem saber quem disparou o tiro. – Afirmou Óscar.

Entraram num táxi que estava à espera na entrada do Palácio de Reichstag. Tinha sido chamado por alguém do Palácio e a questão das malas nem foi posta em questão, sendo transportados os dois no mesmo táxi.

Rute já estava a caminho do hotel internacional de Steglitz. No interior da sala do Palácio de Reichstag, tinha ficado o conselheiro e o vice presidente da Alemanha a falar de alguns pormenores da entrevista.

- Como foi possível, que alguém chegasse aqui e na nossa casa nos insultasse daquela maneira. – Desabafou, irritado com a entrevista o Presidente da Alemanha.

- Sobretudo depois de tudo o que temos feito pelos países membros. – Disse o Conselheiro.

- Quem supervisionou as perguntas? – Perguntou o Presidente da Alemanha.

- Não sei.

- Mas quero saber quem recebeu e vistoriou a entrevista. Quero responsabilizar quem deixou passar a entrevista. É um insulto. – Disse o Presidente.

- Agora querem culpar-nos pelos seus próprios erros, ao longo destes anos todos. Segundo o que apurei algumas perguntas não estavam na lista fornecida pela televisão Independente.

- Se assim for, quero que seja emitido um comunicado para a administração da televisão Independente. Quero que isso siga ainda hoje antes de esta entrevista ir para o ar. – Ordenou o Presidente da Alemanha.

- Não se preocupe Sr. Presidente, estamos cá para tomar conta das suas costas. Ativaremos, um plano de manobra ou algum comunicado se for preciso. – Retorquiu o Vice-Presidente.

O Presidente da Alemanha saiu da sala, e o vice-presidente pegou no telefone. De seguida fez dois telefonemas muito rápidos.

- Já está na hora de ativar o `` 2020 ´´. Quero que seja seguido à risca como tínhamos falado. Não quero falhas, nem erros. Os erros pagam-se caro. – Afirmou o vice-presidente.

Parecia que quem recebeu a chamada já estava à espera desta chamada à muito. Foi limitando-se a concordar com as palavras ditas. Se havia um segundo plano para o que quer que fosse, ele já estava em marcha. Não se sabia como iria reagir a televisão Independente, quando recebesse um pedido de anulação da entrevista. Talvez o pedido fosse só para cortar algumas perguntas nas filmagens ou pedir que a mesma entrevista fosse repetida. Rute ainda estava em Berlim, o que permitia que a entrevista fosse repetida agora com as perguntas mais limitadas, para o agrado de todos.

Teria apenas que prolongar a sua estadia em Berlim por mais uma noite. Nada que um pedido de desculpas informal não resolvesse um problema destes, já antes acontecido. Pelo menos pedido de desculpas ao Presidente Alemão e ao seu vice-presidente que ficou completamente fora de si. As perguntas punham em causa muita coisa. O nome do governo Alemão era uma delas. Outra, a forma como estava a ser conduzida a ajuda aos países em crise. Para além das múltiplas escutas telefónicas, acusadas à Alemanha e a outros países, na tentativa de antecipar a decisões de cada continente. Agora uma acusação desta natureza dando como a Alemanha como organizadora de um plano, era a gota de água. Era preciso corrigir, estas imagens que agora queriam-lhe impor.

Capítulo Cinco

Itália

Um dia antes.

13, de Julho de 2020

Entrevista com Bispo Pedro

Rute tinha aterrado no aeroporto Leonardo da Vinci em Roma. Uma cidade mítica. Continuava a ser um local onde se respirava a magia do amor, na beleza das paisagens com vincos de história em cada esquina. Sobreviveu ao longo de vários séculos a inúmeras batalhas, sempre escrevendo as suas próprias leis. Rute tinha viajado para Roma para se encontrar com o Bispo Pedro no Vaticano. Era a sua primeira paragem depois de sair de Portugal. Ainda levava nos lábios, o sabor de toda a emoção passada nos braços de Johnny. Estava em Roma para uma entrevista sobre a crise da igreja no mundo, perdendo vários fiéis todos os dias. A igreja estava bastante fragilizada, e sensível a perda de muitos cristãos.

Estava bem vincado nos monumentos e nas calçadas das ruas, cada bocadinho de história vivida. Roma não tinha só um passado, mas sim um presente. Uma cidade que absorvia os problemas religiosos de todo o mundo, mas também uma capital que tinha, o seu Pais a atravessar uma crise política. Itália não estava imune a estes acontecimentos financeiros, despoletavam pela Europa fora.

A entrevista com o Bispo Pedro estava autorizada há um mês, e fazia parte de um de documentário que estava a ser trabalhado pela televisão Independente onde Rute trabalhava.

Rute e Óscar, tinham saído do avião pelas escadas traseiras, e logo entraram no autocarro, que os esperava na pista, para levar todos os passageiros ao terminal a fim de apanharem as malas. Assim que lá chegaram, aguardaram que a passadeira rolante das bagagens começasse a distribuir as malas que vinham no porão do avião. Os dois recuperaram as malas, e em poucos minutos saíram do aeroporto Leonardo da Vinci para apanhar um táxi. Com um carrinho do aeroporto, carrega com as três volumosas malas, empurraram-no até junto do primeiro táxi, que se encontrava na fila junto ao passeio, no exterior do aeroporto.

Mal chegaram perto do táxi ali estacionado junto ao passeio, o taxista italiano, pegou numa das malas e colocou-a dentro da bagageira do carro. Óscar colocou uma das malas no banco de trás. Pois todo o cuidado era pouco, tratava-se da câmara de filmar.

- Desculpe, mas não pode levar essa mala dentro do táxi. – Afirmou o taxista Italiano.

- Não! – Exclamou Rute muito admirada.

- Não.

- Não vamos cada um, num táxi. – Retorquiu Rute, espantada com todo este bloqueio para transportar as malas no táxi.

Rute e Óscar olhavam um para o outro. Só podia ser uma brincadeira. Dois táxis seriam duas despesas, para além de acharem, que uma pequena mala no banco de trás passava perfeitamente, sem causar qualquer problema.

- Porquê? – Perguntou Rute.

- Por uma questão de segurança não é permitido por lei. A mala ainda é um pouco volumosa. Não vou arriscar a uma multa. – Respondeu o taxista.

- Então como faço? Perguntou Óscar, com a mala nas mãos olhando para Rute e para o taxista que negociavam o transporte.

- Como as malas não cabem todas no porta-bagagens do táxi. A solução passa por irem, um em cada táxi. – Explicou o taxista.

- Isso é ridículo.

- Não faz sentido. Fazem cada lei só para ganhar dinheiro com os turistas.

- Deixa Rute, não temos outra escolha. – Disse Óscar.

Não era permitida a bagagem no interior do táxi, muito menos em cima dos bancos por uma questão de segurança. Depois de alguns minutos a conversar e algumas tentativas de negociação, acabaram por concordar em irem em táxis diferentes. Um em cada táxi.

Deram a morada ao taxista e seguiram viagem para o Vaticano. Do aeroporto Leonardo da Vinci até ao Vaticano não seria mais que trinta minutos. Rute ia admirando a vista da cidade do interior do táxi. Pensava como seria a sua estadia com Johnny ao seu lado. Agora era o seu noivo. Começava a traçar na sua cabeça um compromisso para toda a vida. Sentia-se segura da decisão tomada. O casamento, seguido de uma lua-de-mel inesquecível. Rute não dava muita importância a boda, mas fazia questão de quando se casar, levar o seu marido para uma lua-de-mel. Achava importante, que os primeiros dias de marido e mulher, deveria ser vividos numa ilha paradisíaca a dois, longe das curiosidades dos amigos e familiares.

O táxi parou mesmo em frente da entrada do Vaticano. O Vaticano era desde mil trezentos e setenta e sete a residência dos Papas e considerado um estado independente desde mil novecentos e vinte e nove. Pagaram o táxi e arrastaram as malas pelo passeio, em direção à entrada. Atravessaram a praça de S. Pedro, uma das maiores de Roma. Mede duzentos e quarenta metros de largura e trezentos e quarenta de comprimento. Mal se aproximaram da porta central, que foram logo impedidos por dois guardas Suíços ao serviço do Vaticano.

- A entrada é proibida.

- Somos jornalistas. Viemos para uma entrevista marcada com o Bispo Pedro.

- Terei que ver as vossas credenciais. – Afirmou um dos guardas, esticando a mão, solicitando a apresentação da identificação.

- Aqui tem.

As credenciais foram entregues, e após uma análise profunda não se deram por satisfeitos. Todo o cuidado era pouco.

- Vou ter que confirmar. Por favor aguardem aqui.

Os dois ali ficaram acompanhados por um dos guardas, enquanto o outro se dirigiu para o interior o Vaticano, para verificar a história de Rute. Enquanto esperavam Rute aproveitou para fotografar a praça de São Pedro. Era mesmo muito mais bonita, que nos postais que tinha visto, e uma ocasião imperdível para fotografa-la com o seu telemóvel. Aproveitou aquele momento, para admirar a beleza de tudo o que a rodeava. Estava perante o altar de muitos peregrinos.

- Está confirmada a vossa presença. Queiram acompanhar-me. – Esclareceu o guarda entregando as credenciais.

Óscar e Rute seguiram o guarda até à uma sala de espera do Vaticano. Obrigatoriamente, antes tiveram de deixar as suas malas na entrada para serem revistadas, um procedimento normal nestas circunstâncias. A sala espelhava a história e tradição pela sua construção. Sentia-se um ambiente fresco próprio da estrutura com muita pedra.

- Sente-se o ar fresco e o cheiro próprio da religião católica. Parece o incenso. – Disse Óscar.

- Normal, estamos no Vaticano. – Afirmou Rute.

- Para mim, mais parece um Bunker. – Retorquiu Óscar.

- Mas é tudo muito bonito, e antigo. Toda esta imponência, assusta. – Respondeu Rute.

- Sim, mas preferia estar numa esplanada no sul da Itália. A ver o mar e as belíssimas Italianas. – Exprimiu Óscar, o desejo pela praia Italiana.

Enquanto conversavam na sala de espera, foram interrompidos pela entrada do Senhor Bispo Pedro. Pedro era o porta-voz para as causas religiosas e económicas ao serviço da santa Sé. Fora destacado para os receber e responder a todas as perguntas.

- Sejam, bem-vindos à casa do senhor. – Disse o Bispo Pedro entrando na sala, abrindo os braços. Uma forma calorosa de receber alguém. Era uma prática comum no seio da igreja.

- Muito Obrigado. – Responderam Rute e Óscar.

- Espero não tê-los feito esperar em demasia. – Disse o Bispo Pedro.

- Não esperamos muito. Nunca tinha aqui estado, tem tanto para contemplar e admirar, que o tempo é algo secundário. – Afirmou Rute, entusiasmada por ali estar.

- Queiram-me acompanhar. – Disse o Bispo Pedro.

- Senhor Bispo, queira desculpar. A partir de que zona podemos começar a filmar? – Perguntou Óscar.

- Irei aproveitar para vos dar a conhecer e visitar a basílica de S. Pedro e o museu do Vaticano. No seu interior não é permitido filmar em todos os locais. Depois faremos uma paragem e aí gravaremos a entrevista. – Explicou o Bispo Pedro.

- Parece-me bem. – Anuiu Óscar.

- Muito bem.

O Bispo Pedro foi indicando o caminho, por entre corredores enormes com tetos altíssimos, como se os nossos antepassados fossem gigantes. A imagem da nave central da basílica de S. Pedro era imponente, toda aquela imensidão de pedra e mármore, com anjos e santos em todos os cantos. Caminhavam pela nave central onde Pedro acompanhava de perto com uma palavra de conhecimento. Rute contou nove capelas no seu interior. Cada uma representava uma marca na igreja.

Quase todas as paredes tinham quadros pendurados, com pinturas a óleo antigas. Sentia-se no ar aquele cheiro próprio do antigo, libertado pela madeira de alguns móveis e dos quadros. Quantos anos ou séculos aqueles objetos poderiam ter. Alguns deles eram mesmo pintados sobre a madeira. Em cada corredor tinha paredes pintadas e tetos esculpidos, umas em gesso, outras em pedra ou madeira. Eram muitas a imagens entre pinturas ou gravuras de anjos e santos. Eram momentos passados em que a igreja fazia questão de não deixar apagar pelo tempo. O Bispo Pedro tinha o cuidado de fazer uma paragem em cada figura ou tela para uma pequena apresentação. Cada imagem tinha um valor marcante na história da igreja. Passaram pela capela cistina, onde foram feitas as respetivas referencias aos frescos de Miguel Ângelo.

Depois continuaram a visita até ao museu do Vaticano, foram passando por algumas salas e corredores, até subirem a famosa escada helicoidal do museu. Algo único e indescritível só por palavras. Rute e Óscar deslumbravam-se com a visita. Sentiam-se dentro de uma máquina do tempo recuando séculos de história em cada passo que davam. Aqueles corrimões em pedra esculpidos a todo o seu cumprimento. Seguiram para um imenso corredor chamado galeria Chiaramonti, e da sucessiva galeria Lapidaria, reservada aos estudiosos. O Bispo Pedro por fim pediu para se sentar, num banco de pedra que ali se encontrava.

- Esta é apenas uma parte do museu. Uma parte do que a ele pertence. Muitas outras obras estão espalhadas pelo mundo expostas em museus públicos. – Explicou o Bispo Pedro.

- É magnífico, lindo! – Desabafou Rute, contente por estar a viver séculos de história.

- Agora, aqui podem filmar.

Rute tirou do seu pequeno saco um bloco de folhas. Enquanto Óscar começou por preparar a câmara de filmar. Releu todas as perguntas mais uma vez.

- Em três... Dois... Um... Estamos a gravar.

Óscar carregava no botão para gravar.

- Em direto do Vaticano, com a cortesia da santa igreja, e a amabilidade do Bispo Pedro, ficamos a conhecer hoje um pouco mais da sua história e riqueza.

- Senhor Bispo, obrigado por nos receber.

- São sempre bem-vindos.

- Este museu deve ter um valor incalculável com todas as suas obras. – Disse Rute.

- Sim é verdade. – Concordou o Bispo Pedro, encolhendo um pouco os ombros lamentando o cenário.

- Daria para matar a fome a muitos povos, em muitos países. E talvez acabar com a crise financeira que atormenta o mundo. – Afirmou Rute.

O Bispo Pedro, olhou-a não respondendo de imediato. Abanou com a cabeça, fazendo uma pequena concordância com a pergunta.

- Sabe. O Vaticano e a igreja, não existem só com esse propósito. Mesmo quando esse tema está sempre presente nas nossas mentes e fazem parte das nossas prioridades, e das nossas orações. Depois de vender todas estas obras e obtermos a sua riqueza, sem dúvida, mataríamos a fome a milhões de pessoas por esse mundo abaixo. É verdade. Isso seria apenas um dia, ou talvez uma semana, no máximo meses. Depois teríamos o mesmo problema. Ou talvez um problema ainda maior. Não teríamos mais dinheiro para ajudar todos os outros que tanto precisam. Deixaríamos de poder ter todo este concelho religioso em funcionamento. Iríamos ensinar os cristãos e serem pedintes. Estagnando quem sabe o crescimento interior de cada um. As pessoas passariam a procurar a igreja para matar a fome, e não para alimentar a fé.

Rute prestava atenção a cada palavra do Bispo que falava com toda a calma e sabedoria de uma vida. A aparência de uns sessenta anos davam-lhe alguma experiência enorme sobre o que falava. Óscar continuava a gravar cada palavra da entrevista.

- O senhor Bispo acha a igreja capaz de solucionar este problema da crise e da fome? – Perguntou Rute.

- O combate à fome e à crise, estão por vezes associadas uma à outra. Sem dúvida que esse tema é um grande desafio para a igreja e para todos os governantes. Penso que todos temos um papel muito importante no nosso dia à dia para minimizar a fome. Começando por fazer um donativo ou um apoio ao próximo, dando-lhe alguma coisa para que possa comer por exemplo. Se esse gesto se contagiar e multiplicar, podemos minimizar o impacto final. Partilhando um pouco que temos, com quem não tem nada, pode salvar milhares de vidas humanas. Esses pequenos gestos mudam as pessoas, cultivando nelas a esperança. – Explicou o Bispo Pedro, tentando contrariar as perguntas de Rute com as suas explicações.

- Senhor bispo, hoje em dia as igrejas estão mais devolutos! Perdem dezenas dos seus fiéis todos os dias. Porque será? A crise enfraquece a fé. – Perguntou Rute.

- Bem. É uma pergunta difícil. Não digo que as pessoas tenham perdido um pouco a sua fé. Mas muitas das vezes deixam-se levar pelo desânimo. Com diz o ditado. `` Lembram-se de Santa Barbara só quando troveja.´´ Acomodam-se em suas casas outros com a vergonha, refugiam-se de uma realidade que lhes assalta a vida. - Afirmou o Bispo Pedro.

- Não seria mais uma razão para se agarrarem ainda mais à fé e à igreja? – Perguntou Rute.

- Muitas vezes os fiéis deixam-se levar pelo caminho mais fácil. Acreditando em novas religiões ou novas igrejas que oferecem aquilo que eles querem ouvir, ou entender. Procuram novos caminhos, na esperança que esses novos caminhos lhes melhorem a vida. Vão escutando palavras mais esperançosas ou revolucionárias que os motive a mudar ou a viver.

- Quando fala em religiões revolucionárias refere-se ao Islão? – Perguntou Rute.

Não era esse o caminho, que o Bispo Pedro queria ir. Sabia que era um caminho perigoso. Podia ferir muita gente e quem sabe criar uma guerra de religiões se alimentasse essa teoria. Tudo que dissesse, iria ficar registado, e as suas palavras podiam ser mal interpretadas. Quantas vezes o média, se aproveitam de algumas perguntas matreiras.

- O Islamismo é uma religião muito específica, tem uma doutrina muito própria, e diferente da nossa, com alguns seguidores muito fanáticos. Motivados por alguns interesses, quem sabe camuflados na religião. Continua a ser, talvez a religião que mais tem crescido nestes últimos anos. Estima-se que neste momento sejam mais de dois biliões espalhados por todo o mundo. Muitos saturados com a forma como se aplicam algumas leis, transformam a sua revolta em fúria. As pessoas procuram mudanças, e tentam encontrá-las em todo o lado. O islamismo é a única religião do planeta que traz em sua doutrina o incentivo à matança de infiéis. Tudo isso preocupa não só a igreja, mas também o mundo. Torna-se preocupante por tudo o que lá se ensina. O islamismo é a religião que mais cresce no mundo. Prevê-se que, a partir dos próximos anos, deverá ultrapassar o cristianismo, a religião dominante. Há mais de 2,1 bilião de muçulmanos no mundo. A maior concentração está na Ásia e na África, embora tenham-se expandido há muito pela Europa, pelos Estados Unidos e nas ex-repúblicas soviéticas. Seria muito mau perante estes crescimentos, que se tornassem servos de alguma potência mundial. Sim porque eles existem com um propósito. Há quem afirme, que o Islamismo é financiado à anos, por vários países com interesses na guerra. Os seus seguidores apenas respondem ao chamamento e a sua fé, que é transformada em fúria.

- O senhor Bispo acha, que o atentado à bomba do ano passado na igreja Peschiera Di Garda em Verona, que vitimou dezenas de pessoas foi um princípio de uma guerra de religiões? – Perguntou Rute.

O Bispo Pedro engoliu em seco. Ainda estava bem fresco, na memória de todos a tragédia do atentado à bomba no interior da igreja Peschiera Di Garda. Era o domingo de ramos e os cristãos enchiam as igrejas nesse dia, com a tradição do benzer dos ramos. Dezenas de pessoas morreram de imediato. Outras ficaram feridas e com marcas para toda a vida. Nunca foram reivindicados por nenhum grupo terroristas, tal ataque. Apesar de ficar provado, que os métodos utilizados, seriam idênticos a alguns desses grupos extremistas. Eram simples e caseiros, utilizado na construção das bombas, com umas panelas de pressão. Na particularidade da sua construção, bastava colocar pregos e berlindes, com uns fios e pólvora no seu interior, seria o suficiente para ter uma bomba caseira. Depois eram detonadas à distância. Na última década encontraram-se vários sites e blogues com fácil acesso, e com todo este tipo de informação. Uma das fontes mais regulares com informações sobre como construir uma bomba caseira, era a revista Inspire".

A Inspire foi criada pelo pregador americano-iemenita Anwar al-Awlaki, líder da filial da Al Qaeda no Iémene, que foi morto num ataque de drones dos EUA. Segundo reina os registos.

Os primeiros comentários foram de acusações ao Islamismo. Seria uma pequena vingança, pelo impedimento de abertura de mais igrejas Islâmicas em Itália. Este atentado fez correr muita tinta nos jornais. Um atentado em que a culpa morreu solteira. Nunca foram encontrados os ativistas das bombas. Apesar do grande empenho da polícia italiana nas intermináveis investigações feitas. Foram passados a pente fino, todos os destroços encontrados e analisadas todas as vítimas, procurando encontrar uma solução ou objetivo ou quem sabe um motivo. Especula-se que quem colocou aquelas bombas possa não pertencer a nenhum grupo Islamita, apenas uma imitação para destabilizar a igreja. As igrejas estiveram fechadas, durante semanas com medo de um novo atentado, foram colocadas algumas câmaras de filmar nas entradas das igrejas para assegurar os seus fiéis, que já eram poucos nas igrejas mas depois da tragédia o medo apoderou-se da pouca fé que havia. Passado um ano, ninguém tinha esquecido o atentado.

- Jesus também foi perseguido, e crucificado. Acredito que o atentado em Verona na Igreja Pescheiera Di Garda tenha sido um caso isolado. Talvez um acerto de contas, ou um cenário criado para chamar a atenção de alguém. Ainda não foi provado a razão dos atos. Temos que nos manter unidos na fé e na oração. – Explicou o Bispo Pedro.

- Talvez uma encomenda por alguém. Políticas pelo meio. Ou quem sabe, um cenário criado para desviar as atenções de algo maior que estivesse a acontecer.

- Não tinha pensado, nesse tipo de atitude.

- Não podemos sair por aí, apontando o dedo a ninguém, sem ter a certeza do que aconteceu. Existem entidades próprias para isso. – Retorquiu o Bispo Pedro.

- No fundo, o senhor Bispo acha, que a igreja já não pode contribuir com mais ajuda? – Perguntou Rute.

- A igreja vai continuar como sempre a contribuir diretamente ou indiretamente. Não imagina a quantidade de intervenções que a igreja faz diariamente para matar a fome e alimentar a fé, apenas não deixamos uma bandeira em cada ação. Lutamos diariamente contra a fome e esta crise social que oprime todo um povo. Fá-lo-à, quer com campanhas de solidariedade locais ou mundiais. Faz parte dos escritos da bíblia. Ajudar o próximo sempre que precisa.

- Obrigado senhor Bispo, por esta entrevista.

- Eu é que agradeço, a amabilidade de vir até nós.

Óscar parou de filmar e guardou a câmara no seu saco. Rute ainda continuou a conversa com o Bispo Pedro. Havia uma instabilidade social e política e a importância de uma opinião de alguém que está um pouco de fora destas eventualidades, era muita. Deixa-nos por vezes fugir uma opinião diferente, o que interessava por completo a Rute. Não era permitido gravar esta conversa informal, mas daria para enriquecer a sua entrevista com palavras próprias.

A visita pelo museu do Vaticano continuou, com algumas explicações do Bispo Pedro. No final acompanhou-os até à entrada despedindo-se.

- Senhor Bispo, mais uma vez, muito obrigada, pela disponibilidade, e por esta aula magnífica de história, que hoje nos foi aqui dada.

- Não precisa de agradecer. A casa do senhor está sempre aberta. – Afirmou o Bispo Pedro.

Óscar e Rute saíram do Vaticano atravessando mais uma vez a praça de S. Pedro em direção aos táxis que já se encontravam à sua espera.

- Lá vamos ter que ir em dois táxis novamente. Como diz o ditado. `` Em Roma somos romanos´´ – Concluiu Óscar.

- Não temos escolha. São as regras deles. – Concluiu Rute.

- Acabamos cedo a entrevista, e não vamos ter problemas em apanhar o avião para Berlim.

- Ainda bem. – Desabafou Rute, não tinha interesse em perder a próxima entrevista.

Entraram em cada um dos táxis e seguiram novamente viagem, desta vez para o aeroporto Leonardo da Vinci, para efetuar o `check-in´ com destino a Berlim, onde tinham mais uma entrevista marcada. Rute refletia sobre a entrevista. Tinha enriquecido a sua alma. Era algo inexplicável, mas pela primeira vez sentiu-se mais próxima de Deus. Todas aquelas gravuras religiosas, foram como uma abertura mais profunda nas suas crenças. Foi como ir ao céu e voltar.

O bispo Pedro tinha-a cativado com as suas palavras reacendendo dentro dela uma nova chama de fé e compaixão. Não era uma cristã assídua na igreja, nem ia todos os domingos à missa, como seus pais tanto desejavam. Quando era criança era uma luta para ir com os pais à missa dominical. Seria uma hora a olhar para o altar sem ter nada que fazer. Ficar ali a ouvir o sermão do padre que falava de tudo menos de religião. Era um castigo para ela. Admirava-se com as pessoas que ficavam ali todos os domingos, esperando a palavra do senhor, e em vez disso, muitas vezes recebiam sermões de política. Ela chegava a ter pena delas.

Sentiu tristeza quando falou com o Bispo Pedro sobre o atentado em Verona, que vitimou inúmeras pessoas. Sentiu algum arrependimento por não ter dado aquele passo mais cedo, para se aproximar um pouco mais da igreja, os seus pais ficariam contentes. Foi deixando que a igreja não fizesse parte dos seus hábitos. Tinha abandonado fisicamente a igreja, apesar de manter a fé na igreja católica. Preferia rezar no seu canto em casa ou no trabalho. Prometera a ela mesmo que tudo isso iria mudar e que quando casasse com Johnny, os seus filhos seguiriam os costumes cristãos. Rute sentia-se mais leve agora e mais perto de Deus, motivada pelas palavras do bispo Pedro. Antes de sair do Vaticano tinha mesmo feito uma pequena oração em silêncio. Uma promessa de fraternidade e amor. Estava feliz e tudo corria como previsto antes de ter iniciado esta viagem.

Capítulo Seis

Berlim

14, de Julho de 2020

Capitão Adalwolf vice-presidente

No final da entrevista o vice-presidente da Alemanha, ou capitão Adalwolf como era conhecido, ex. militar do exército Alemão. Saiu da sala com uma cara de poucos amigos. As interpelações de Rute tinham-no deixado irritado. Não tinham sido essas as perguntas autorizadas pelo seu gabinete. A listagem das questões que autorizou o canal de televisão independente, onde trabalhava Rute, não incluía metade das perguntas feitas por Rute. O protocolo dizia que o rol das questões seriam enviadas antes para analise e depois seriam inalteradas. Mas desta vez não foi o que aconteceu.

Capitão Adalwolf era a sombra do governo, tal como o diziam as características do seu nome, descendente da nobreza e com uma garra de lobo. Fez parte do Exercito Alemão durante anos, e habituado à rigidez e ditadura e intervenções militares travadas no passado. Mas não estava habituado a que lhe fizessem frente e Rute tinha feito frente a uma das maiores potências mundiais. Tinha mesmo, conseguido enerva-lo, apesar de não ser esse o objetivo nem a sua prioridade nesta entrevista.

- Quem autorizou estas perguntas! – Resmungava Adalwolf.

- Sempre pensei que tinham sido autorizadas pelo seu gabinete. – Disse a secretária à entrada do gabinete.

- Mas não foram...

- Podemos sempre pedir a anulação da entrevista para que nunca seja transmitido

- Claro que podemos, não temos nenhuma obrigação perante estes jornalistas metediços. – Afirmou Adalwolf.

Habituados a que o protocolo fosse sempre comprido e inquebrável, acabaram por facilitar na análise das perguntas que iam ser feitas antes de iniciarem a entrevista. Rute tinha a folha de perguntas à sua frente, mas outras tantas na sua cabeça. Optou pelas perguntas que mais enriquecessem a entrevista. Não estava ali para agradar ninguém. Tinha muitas perguntas e muitas dúvidas, que só o tempo lhe iria responder. Não podia desperdiçar aquela oportunidade, de estar ali em frente ao presidente da Alemanha e não fazer estas perguntas, que tinha em mente. Quantas outras pessoas teriam perguntas ainda mais acusatórias, para serem feitas, mas não tinham essa possibilidade. Havia uma preocupação mundial sobre o futuro da Europa, e o seu trabalho obrigavam-na a ser direta e objetiva. Claro que isso provocava azia a muita gente. Mexia muitas vezes com o bom nome de algumas pessoas, que ficavam furiosas com algumas notícias, divulgadas ou publicadas nos jornais. O trabalho do jornalista é informar.

Adalwolf entrou no gabinete do presidente. Andava de lado para lado pensando fixamente, no que Rute lhe tinha afirmado na entrevista. Tinha mencionado, a existência de um disco com muita informação. Mesmo podendo ser apenas uma insinuação jornalística. O seu pensamento foi invadido pela curiosidade do conteúdo que poderia ter esse disco.

- Como chegou às suas mãos? – Perguntava-se Adalwolf.

- O que terá o disco?

- Durante anos aceitamos a imigração, e demos trabalho a milhares destes imigrantes vindos de toda a parte do mundo. Uma camada de ingratos que comem o pão que cozemos. Podem sempre servir para alguma coisa. Eles também têm que contribuir com alguma coisa para a Alemanha.

Hoje, a Alemanha tem cerca de vinte milhões de imigrantes que vivem legalmente no país. Destes vinte milhões, cerca de 900.000 estão legalizados em Berlim, os muitos outros de forma ilegal vivendo muitas vezes escondidos no meio de grupos ou seitas. Alguns deles fugidos dos seus países por cometerem alguns crimes. Assim que chegam à Alemanha viviam no anonimato. Outros chegaram à Alemanha como turistas e deixavam-se ficar. Todos os meios serviram para entrar na Alemanha, na sua maioria à procura de emprego, e de uma melhor qualidade de vida. A Alemanha continua a crescer financeiramente a bons olhos e a imigração aumenta de dia para dia. Aproveitam os trabalhos mais rascas que o povo Alemão não quer fazer. A concorrência começa a ser muita, e os problemas sociais começam a aumentar, aproximando o fecho das portas da imigração. O povo Alemão estava também a perder alguns postos de trabalho ocupados por muitos destes imigrantes.

Adalwolf deu uns passos em direção à janela do palácio e olhou para o exterior. Pegou no telefone e fez uma chamada.

- Está na hora de antecipar o processo. Já esperamos tempo demais. Quanto mais tempo demorar menos haverá para fazer. Quero que isso aconteça agora mesmo. Esta entrevista ainda não acabou. Aquela jornalista não vai ficar a rir-se da Alemanha. – Ordenou Adalwolf.

Em seguida fez mais uma chamada. Não durou mais que um minuto. Quem estava do outro lado apenas se limitou a ouvir. Não se tratava de um pedido, mas de uma ordem. Era para ser feito exatamente como ordenara, um passo em falso punha em causa tudo.

Adalwolf sentou-se na secretaria do Presidente da Alemanha. Olhava ao seu redor e sentia a sensação do poder caso fosse Presidente da Alemanha. Reconhecia que muitos tinham o poder de mudar o rumo das coisas, mas nada faziam. Não tinham coragem para tomar certas decisões. Era preciso ter sangue de barata, tomar uma decisão e seguir em frente. Quando se olha muito para trás acaba-se por ser influenciado. Não se podia deixar que os sentimentos se apoderassem da razão.

- Um dia este lugar será meu por direito. Não haverá nenhum jornalista que me fará frente com as perguntas matreiras e comprometedoras com a intenção de me derrubar. – Afirmava Adalwolf para si mesmo.

Inclinou-se para trás na cadeira, deixando o corpo repousar. Fixou o teto e pensava como poderia contornar aquela entrevista. O comunicado já tinha sido enviado e mencionava que o protocolo da entrevista tinha sido violado. Tinha sido assinado por ele e seguido de imediato por fax, para a direção da televisão independente. Teria que aguardar a resposta por parte da televisão Independente. Certamente depois iriam responder, com um outro fax, todo elaborado com mil pedidos de desculpas, e que iriam respeitar o pedido do gabinete do Presidente da Alemanha.

Inclusive iriam sugerir que a jornalista se tinha entusiasmado, motivada por algumas emoções vividas num episódio passado e certamente que iam retirar as imagens com as perguntas que tinham violado o protocolo da entrevista. No final para cicatrizar as relações com o gabinete da Alemanha, iriam mencionar uma eventual sanção à jornalista. A imagem ficava limpa dos dois lados. Muitas notícias eram assim negociadas, antes de saírem a público.

- Gostava de saber o que terá aquele disco. De onde veio e como foi parar às suas mãos. Não pode ser verdade. Bem sei que os jornalistas mandam muito bluff para o ar. Mas onde há fumo há fogo. – Dizia Adalwolf.

Adalwolf tinha ficado com aquele pensamento na cabeça. Como um disco riscado, aquela mensagem não lhe saía da mente. Não sabia o que continha o disco, nem mesmo se existia algum disco. Poderia ter sido um cenário montado por parte da jornalista para atrair a atenção ou simplesmente provocar o presidente da Alemanha. Se era essa a intenção de Rute, tinha-o conseguido na perfeição. Tanto o presidente da Alemanha como o vice-presidente, capitão Adalwolf como era conhecido, tinha ficado enervadíssimo com as perguntas e provocações de Rute, durante a entrevista. Tudo não passava para já de especulações, mas teria o seu share de audiências e dividiriam opiniões. As pessoas iriam começar a falar do que não deviam. Adalwolf tinha as suas razões para querer conhecer o conteúdo do disco. Teria que encontrar uma maneira de encontrar o disco antes de ser conhecido pelo mundo inteiro.

Capítulo Sete

Berlim Hotel Internacional de Steglitz

14 de Julho de 2020

Rute estava no quarto duzentos e sete do hotel Internacional de Steglitz, em Berlim. Estava em frente ao seu computador, vendo a gravação da entrevista com o presidente da Alemanha. Anexou a entrevista de Itália e algumas outras feitas em Portugal e Espanha. Estava contente com o resultado obtido. Tinha uma grande parte feita, talvez o mais importante sobre o que queria publicar no seu próximo programa. Uma entrevista sobre a continuidade da Europa. Era uma recolha entre várias entidades importantes de vários países. A instabilidade financeira era cada vez maior, e as suas publicações andavam em torno dessa grande questão que amedrontava milhares de pessoas de vários países.

As entrevistas mostravam a revolta, e a fragilidade financeira existente criando um amedronto generalizado em toda a Europa. Aquele documentário que Rute estava a preparar, tinha informações explosivas. Rute estava à espera que finalmente fosse reconhecida, pelo seu mérito e esforço. Se a sua teoria estivesse correta, a continuidade da Europa estava em risco. O povo iria ter uma reação explosiva. Talvez a confiança fosse quebrada em muitos países.

Havia milhares de pessoas sem emprego e milhares de pessoas vivendo com miseráveis ordenados. Cada vez era menos o dinheiro que tinham para fazer frente a trinta dias de espera por um novo ordenado. Mas o mais preocupante era quem já não recebia nenhum. Algumas pessoas tinham que partilhar um único ordenado por três e quatro pessoas no mesmo seio familiar. Tudo era cada vez mais caro e o que se produzia era cada vez menor. Os pedidos de apoio a instituições de solidariedade eram cada vez maiores. As pessoas doavam cada vez menos, porque também tinham menos. Havia muita miséria camuflada, milhares de pessoas com vergonha, de pedir uma simples tigela de sopa. As manifestações que se faziam não resultavam em nada, e ninguém encontrava solução para tanto desemprego.

Grandes países com o propósito para sair desta crise tomavam decisões insensatas. Os governantes tentavam arranjar dinheiro a todo o custo, para fazer face às despesas envolventes a uma governação. Vivia-se anos difíceis onde as operações de venda eram reis, privatizações atrás de privatizações. Os Países a serem comprados de forma abrupta, deixando os patrimónios nas mãos de terceiros. Investidores que vinham de todo o mundo compravam bocados de cada país ao desbarato. Começava-se a suspeitar do que estariam sujeitos os países da União Europeia? Que mais teriam que fazer? Muitas questões eram postas no ar todos os dias. A primeira questão era se a Europa sobreviveria e de que forma. Todos esperavam a explosão de uma bomba financeira acabando com a Europa e acabando com esta união de instabilidade, mesmo temendo as consequências desse acontecimento.

Até quando iriam aguentar todos os países membros? A irritação crescia por todo o continente Europeu. O medo por uma guerra fria estava iminente. Ninguém queria uma guerra, mas não estavam livre de a ver acontecer. Países com armas nucleares ameaçavam-se por motivos muito menores. Uma guerra trás sempre sofrimento para muita gente, mas o enriquecimento para outros. Numa altura que se fala em lotação populacional mundial, umas quantas pessoas a menos seria um preço menor. Havia quem já não tivesse nada a perder, cometendo suicídio com a vergonha imposta por esta crise. O dinheiro que não chegava para trazer comida para casa, quanto mais pagar as dívidas do dia-a-dia.

Todos os dias havia falências forçadas com tantos impostos a que as empresas estavam sujeitas. O número de suicídios, aumentava de mês para mês. Os bancos tinham cada vez menos dinheiro, e menos autorização por parte dos gerentes para emprestar dinheiro. O crédito fácil era agora uma miragem, tinha sido proibido para não aumentar a divida.

- Está perfeito. – Disse Rute.

- Sim. Mas estava a ver que não íamos ter entrevista nenhuma para contar. – Disse Óscar.

- Porque dizes isso? – Perguntou Rute.

- Pela cara do presidente da Alemanha, a cada pergunta tua. A forma como respondia de uma forma evasiva. Fugindo um pouco às perguntas e olhando sempre para o seu conselheiro. Cheguei a pensar que íamos ser atirados pela janela. – Ironizou Óscar.

- Que exagero! Foi uma entrevista normal. Ninguém gosta que metam o dedo na ferida. Só isso. – Concluiu Rute, demonstrando o poder do jornalismo.

Óscar acabou por arrumar tudo no saco, e atirou-se para cima da cama.

- Descanso merecido, agora vou ficar aqui deitado vinte minutinhos repondo o sono em dia. Já mereço este descanso. – Argumentou Óscar.

- Regressamos ao final do dia, mas ainda temos tempo de tomar café no centro de Berlim. – Disse Rute.

- Vai tu se quiseres, eu vou ficar mesmo aqui. Saboreando o conforto destas travesseiras. – Concluiu Óscar.

Rute começou por guardar o computador no seu saco. Estava decidida em fazer, uma última visita pelas ruas de

Berlim. Foi interrompida, quando dois homens entraram de rompante no quarto. Com as armas em punho apontadas para Rute e Óscar deixou-os bloqueados, quase sem reação. Óscar abriu os olhos com aquela intrusão, pensado que já tinha adormecido e tudo não passasse de um pesadelo.

- Onde está o disco? – Perguntou um dos homens com a arma apontada.

- Qual disco? – Perguntou Óscar.

Rute deu dois passos para trás, sem dizer uma palavra olhava a sua volta à procura de uma outra porta de saída. Mas a única porta era a do quarto por onde tinham entrado, e para sair dali teria que passar por eles. Ainda olhou a janela do quarto, mas não seria uma boa escolha. Saltar do segundo andar do hotel, podia ser um caminho diferente e perigoso com o mesmo desfecho. O computador de Rute foi arrancado das suas mãos a toda a força.

Rute ainda tentou reagir, mas foi empurrada para o chão e apontaram-lhe de imediato a arma a cabeça. Óscar ao ver isso pôs-se a pé na sua direção, com o tripé da câmara de filmar na mão. Um dos homens disparou sobre ele sem vacilar, atingindo-o no peito. Óscar caiu redondo ao lado da cama. Com o silenciador nas armas o disparo mal se ouviu, mas o sangue era bem visível e real.

Rute ainda correu em seu socorro, mas foi agarrada de imediato pelos cabelos, por um dos homens, que tapou a boca de Rute com um pano, impedindo-a de pedir socorro. Esse pano húmido que depressa fez com que Rute adormecesse. Tratava-se de uma mistura de clorofórmio, éter, cloreto de Etila. Esta composição liberta um gás que quem o inspirasse desfaleceria. Em doses maiores, pode provocar tonturas, falta de coordenação motora, marcha instável e desmaios. Esses desmaios duram pouco, e, quando a pessoa volta a si, não se lembra do que se passou.

- Agora, toca a procurar o disco. – Ordenou um dos homens que tinha entrado no quarto.

Remexeram tudo. Armários, gavetas e sacos. Retiraram as gavetas dos armários colocando-as no chão, levantaram os colchões da cama e tiraram as fronhas das travesseiras. Tentaram a todo o custo encontrar um disco. Mas não encontraram nada, apenas ficaram com o computador de Rute. Se o disco estava em algum lugar. O computador podia ser muito bem ser esse lugar.

- Não encontramos nada aqui. Vamos levá-la e quando acordar irá dizer-nos onde está o disco.

- O que fazemos com outro?

- Já não nos serve de nada. Está morto. Pode ficar ai mesmo.

Em seguida, tiraram uma bata branca que se encontrava escondida debaixo dos seus casacos e vestiram-na. Um deles saiu do quarto e pegou numa cadeira de rodas encostada a uma das paredes do corredor do hotel. Pegaram em Rute e sentaram-na na cadeira de rodas. Prenderam as suas mãos aos braços da cadeira de rodas, e encostaram a cabeça para trás como se fosse a dormir. O computador era transportado por um dos homens enquanto o outro, fazendo-se passar por enfermeiro, empurrava a cadeira de rodas em direção ao elevador.

Entraram no elevador e desceram ao piso zero. Em seguida passaram pela receção como se nada fosse. As pessoas olhavam espantadas vendo-os passar. Ficaram admirados, mas nada fazia parecer o que na realidade se estava a passar. O que parecia uma situação normal de intervenção medica para situações de emergência. Que estavam sempre a acontecer em qualquer lado. Hoje o cenário era apenas uma farsa para camuflar um rapto, e um assassínio.

Ao chegarem ao exterior do hotel dirigiram-se ao estacionamento onde tinham uma carrinha, tipo furgão estacionada. Abriram as portas de trás da carrinha e atiram Rute lá para dentro da mala, tratada como se fosse um saco de batatas. Amarrada à cadeira de rodas, que depressa caiu para o lado em conjunto com o corpo preso. Entraram na carrinha e arrancaram a todo a força. Sem respeitar os sinais ou o trânsito, a carrinha depressa se misturou no meio de tantos outros veículos que ali circulavam.

No local quem viu a carrinha arrancar, ainda teve que travar para a deixar passar. Algumas buzinadelas e travagens alertaram quem por ali passava, longe de imaginar o que estava a acontecer.

- Agora vamos para o esconderijo e esperamos o contacto. – Afirmou um dos homens que seguia na carrinha.

No Hotel, os seguranças davam agora conta do ato cometido, e comunicavam o sucedido às policias locais. A empregada de limpeza do hotel tinha passado pelos quartos como é habitual. Apurando se tudo estaria dentro da normalidade, e onde deixaria uns chocolates em cima de cada cama. Uma cerimónia e um mimo que a direção do hotel fazia questão de ter com todos os hóspedes.

Acabou surpreendida com o que viu no quarto duzentos e sete. Há mais de dez anos que ali trabalhava e nunca tinha visto nada assim. Não tinha sido um assalto, parecia um tornado misturado com sangue. Chamou de imediato a segurança que chamou a polícia. Agora tinham que aguardar pelas autoridades antes de fazer alguma coisa.

Teriam que disponibilizar as imagens das câmaras de filmar e tranquilizar os restantes hóspedes do hotel. Seria importante agora, não fazer grande alarido da situação. Estes acontecimentos, nunca são grande publicidade para um hotel. Por mais que a segurança fosse aumentada, a confiança diminuía sempre um pouco.

Capítulo Oito

Casota do Lobo

14, de Julho de 2020

Standt Park Steglitz Berlim

Rute continuava inconsciente sentada naquela cadeira de rodas, no meio da sala da casa de madeira. Com a cabeça tombada para a frente começava agora a ter alguma reação no corpo. Fora obrigada a reagir quando sentiu a água a cair-lhe em cima novamente. Um dos homens tinha-lhe enfiado o balde cheio e água literalmente pela cabeça. Sentiu a água a escorrer-lhe pela cabeça abaixo, ouvindo-a a cair no chão. Quando abriu os olhos, tudo estava escuro à sua volta, não via nada. O balde tapava por completo qualquer tipo de luz. Tentava rodar a cabeça, para compreender o que se estava a passar. De novo ouviu as vozes que ainda estavam na sua cabeça, de um passado tão recente. Estes desmaios, e regressos brutalmente à realidade, faziam-na viajar no tempo. Uma viagem longa para quem não saia de dentro daquela casa em madeira. Ao verem os seus movimentos tiraram-lhe o balde da cabeça.

- Sempre já acordaste. Começava a sentir-me sozinho.

Rute olhava à sua volta o que parecia ter sido um pesadelo, estava mesmo a acontecer. Os picos de sensações faziam-na perder-se no tempo entre o real e o irreal. No chão era visíveis poças de água misturadas com sangue. Quando se lembrou do que tinha acontecido olhou para os seus pés. Lá estava um dedo sem uma unha. Já estava tão ressentida e mal tratada que quase já não sentia dor. Um dos homens dirigiu-se para ela, e o medo do que podia agora acontecer, multiplicava-se a cada minuto que passava. A sua mente estava distorcida. Rute já estava pronta para morrer ali mesmo, tinha feito as pazes com Deus. Implorava a Deus do fundo do seu coração, que a levassem para juntos deles, queria que morrer nos próximos segundos, para não sofrer mais. Já não era a dor, mas os efeitos psicológicos que estava a sofrer, nas mãos daqueles homens horrendos. O homem elevou a mão e Rute fechou os olhos. Num movimento brusco arrancou-lhe o pano que tapava a boca. Tão seco e rápido que lhe tirou o ar que lhe restava nos pulmões.

- Vamos começar de novo. Onde está o raio do disco?

- Não o tenho. – Murmurou Rute quase sem forças para falar.

- Sim, tens. Sabemos que o tens. Podemos arrancar-te mais umas unhas.

- Por favor, parem com isso. Quem vos mandou fazer-me isto?

- Tu é que estás a pedi-las. Apenas queremos o disco. Sabemos que tens um disco, com informações sobre a Europa.

Rute pensava, como poderiam ter chegado, tão rápido a essa informação. Se ela não tinha falado com muita gente sobre ela.

- Já disse que não o tenho.

Um dos homens apanhou o alicate que estava no chão. Virou-se para Rute e com um movimento com as mãos fazia o alicate abrir e fechar. O som metálico que soava quando tocavam na ponta pela força exercida era arrepiante. Rute tentava esconder os pés para debaixo da cadeira. O homem aproximou-se um pouco mais e Rute tremeu. A pressão dos músculos e a força exercida para fechar os olhos fora interrompida com o som do telefone a tocar.

- Quem será?

- Como queres que saiba se ainda não atendi? – Resmungou o homem que segurava o alicate para o outro.

- É confidencial. Atendo?

- Sim. Deve ser o lobo.

Dito e feito, era mesmo o lobo. Não tinham muito para dizer, apenas que tinham ainda a jornalista com eles. Apesar de estar mal tratada, com o uso da força e técnicas de interrogatório. Ainda não tinham conseguido obter o paradeiro do disco.

- Já sabem alguma coisa sobre o paradeiro do disco? – Perguntaram do outro lado do telefone.

- Ainda não.

- É assim tão difícil arrancar uma pequena informação a uma mulher? Já não há homens de confiança como antigamente. Alguém que faça o seu trabalho como deve ser.

- Por pouco morria, com tudo a que foi exposta e mesmo assim continua insistindo, que não tem o disco.

- Vão continuando o interrogatório. Outros planos já estão em curso para conseguir o disco. Se não está com ela tem que estar em algum lado. Senão haverá uma bomba bem maior para rebentar antes do disco aparecer.

- Ok.

Antes que acabasse de falar já a chamada tinha sido desligada. Tentava explicar-se que estavam fazer tudo o que estava ao alcance para reaver esse disco e que tudo fariam até o encontrar.

- Então que queriam?

- Queriam saber do disco. Como não tínhamos nenhuma informação, desligou o telefone zangado. Disse que haverá uma bomba bem maior para rebentar se o disco não aparecer.

- Isso que dizer, que não vamos receber?! Ou pretende acabar connosco se não descobrimos o paradeiro do disco.

- Sim vamos encontrar o disco, porque ainda não acabei com o interrogatório. Acabará por falar. Por bem ou por mal.

Dizendo isso um dos raptores que estava ao telemóvel, pegou novamente no alicate e dirigiu-se para Rute. Assustada pelo que lhe iria acontecer, apenas se limitou, a aconchegar-se na cadeira de rodas.

Capítulo Nove

França

14, de Julho de 2020

Paris acolhia nas ruas dos Champs-Elysées milhares de turistas vindos de vários países. As ruas estavam cheias de pessoas na procura do melhor lugar para assistir à parada, e ao desfile do 14 de julho. Era a comemoração da queda da Bastilha, ato que marcou o início da Revolução Francesa em 1789. Mundialmente conhecido, este dia marca a passagem da monarquia absoluta ao regime republicano, oficializada no século XIX.

As temperaturas rondavam os 18 graus às onze horas da manhã. As esplanadas estavam cheias, e muitos turistas já se sentavam na borda das montras de algumas lojas, e nas partes mais altas permitidas dos edifícios para descansar um pouco. Outros subiam varandas e muros para ter um lugar privilegiado com vista para a avenida. Todos os espaços eram poucos para tanta gente ali na maior avenida de França. Ninguém queria perder o desfile. Tinham-se levantado cedo para apanhar o melhor lugar.

Enquanto os desfiles não começavam, pequenos grupos atuavam nos pequenos espaços ainda livres do passeio, iam dançando, cantando e fazendo algumas acrobacias. Era uma forma de divulgar a cultura Francesa, com a sua mistura de culturas e raças ao longo dos anos. Todos procuravam mostrar a sua veia artística.

A maior atração estava reservada para as doze horas, com o desfile das tropas militares a pé e a cavalo, seguidas por veículos motorizados e militares. Depois o desfile prosseguia com a Força Aérea Francesa, que rasgava os céus de Paris com algumas acrobacias deixando o fumo, de três cores formando a bandeira francesa nos céus de Paris. O grande final do dia era marcado pelos fortes estouros e efeitos nos céus de Paris com o fogo-de-artifício mesmo no fim da noite junto da Torre Eiffel. Era o cair do pano, com o habitual desfecho, de mais um aniversário de um dia histórico, marcando a magnificência da França.

O Presidente Francês estava na tribuna presidencial com outros chefes de estado, chefes militares e familiares e ainda muitos outros ilustres convidados. O Hino Nacional Francês fazia-se agora ouvir nas colunas espalhadas por toda a avenida. A tribuna estava toda de pé e os militares davam início ao desfile. Eram doze horas e as pessoas cantavam e deliravam com toda aquela força militar em tempos de paz.

O poder e a importância dos militares eram grandiosas e preciosas para o povo Francês. Acima de tudo eram um orgulho, ter uma armada assim. Nunca se sabia quando podia ser precisa e para isso mantinha-se toda uma máquina militar preparada. Os militares marchavam na avenida do Campos Elísios, todos alinhados, batendo com toda a força as suas botas no chão entoando um ruído cumpridor em cada pancada no asfalto. Era um dia de festa para a França, para os franceses e alguns turistas que se deslocavam nestes dias à capital francesa para ver todo o desfile. As pessoas aplaudiram no final do Hino Nacional, e expressavam como podiam o sentimento de liberdade. Bandeiras e bandeirinhas eram agitadas no ar, fotografava-se em cada esquina cada movimento para mais tarde recordar.

Pais colocavam os miúdos aos ombros para poderem ver melhor o desfile. Iam abanando uma pequena bandeira Francesa. De pequeninos eram educados a conhecer a história do seu país e a valorizar a liberdade que tanto custou a ganhar. Todos os espaços estavam preenchidos e muitos eram os que se aventuravam a subir para cima de árvores e pendurados em varandas, assistiam ao desfile como se de um camarote se tratasse.

Foi nesse preciso momento já com as tropas a desfilar nos Campos Elísios, a chegar ao Arco do Triunfo, quando se ouviu uma enorme explosão no meio do público. O que parecia um foguete, depressa se testemunhou que era algo bem mais sério e menos festivo. A desordem instalou-se no meio da parada. As pessoas começaram a correr para o meio do desfile procurando um local seguro para se abrigarem dos destroços. Sentiam-se mais seguros por entre as forças militares. Uma coluna de proteção era formada em volta dos civis ali expostos.

Os militares que por ali desfilavam viam pessoas a cair para o chão, atingidas pela explosão. Alguns militares, que depressa empunharam as suas armas virando-se para o local da explosão, dirigindo-se para o local. Corriam em grupo afastando as pessoas que se misturavam de uma forma rápida com os militares. Ninguém sabia o que se estava a passar apenas ouviram um estrondo. Que abalou a multidão. No local da explosão começava-se a ver o fumo e ouvia-se gritos. O barulho das sirenes fez-se soar. A tribuna presidencial começava a ser evacuada, protegendo o Presidente Francês e seus familiares ali presentes. Foram transportados para um local seguro. Era preciso analisar o que estava a acontecer mas precisavam manter a segurança do Presidente em primeiro lugar. Era a entidade máxima de um Pais.

As pessoas continuavam a correr em fuga, atropelando-se umas às outras. Eram visíveis pessoas com familiares e amigos ao colo. Outros socorriam o ombro vizinho, sem saber quem eram ou de onde vinham, eram todas vítimas de uma tragédia. Estavam juntos nesta hora de sofrimento e apoiavam-se o melhor que podiam, na tentativa de salvar vidas, ou minimizar os ferimentos. Com uma enorme coragem, algumas pessoas ficavam para trás, apenas ajudando os feridos que se encontravam ali deitados. O sentimento falava mais alto, que o valor da própria vida. Era preciso ajudar aquelas pessoas atingidas pelas explosões, era preciso tentar minimizar o impacto violento daquele incidente, salvando o máximo possível de pessoas. Os riscos de uma nova explosão, não estavam, a ser levados, em linha de conta.

Outros tiravam os casacos e camisolas para tapar os ferimentos, estancando o sangue que escorria dos golpes. As roupas rasgadas e cheias de sangue mostravam bem a violência do sucedido. A explosão apanhou uma pessoa pelas pernas e quando estava a ser puxada para fora dos escombros por um militar, estava aos gritos e com os braços erguidos nem se apercebia que deixava para trás uma perna. Ouvia-se nas colunas de som o chefe das forças armadas Francesas, que do palco montado para os discursos de comemoração do catorze de julho, pedia a calma à multidão.

- Mantenham a calma! Por favor, mantenham a calma! Isolem as entradas no fundo da avenida! – Dava instruções aos seus militares. Parecia um campo de combate.

Também ele estava na tribuna Presidencial, mas não abandonou o lugar, respondendo às suas obrigações militares, perante aquele cenário de desordem que mais parecia um cenário de guerra. As sirenes, os gritos e os vidros a partirem-se com a fragilidade do prédio ditavam uma imagem de terror, vem visível na cara das pessoas.

Quantos mais minutos se passavam, menos pessoas eram as que se encontravam nas ruas e nos passeios dos Campos Elísios. Era visível no local da explosão dezenas de pessoas no chão. Algumas já sem vida, tendo morrido de imediato atingidas pela explosão, sem se aperceber do que se estava a passar. Outras gritavam por ajuda ou gritavam simplesmente com dores.

Viaturas militares que faziam parte do desfile, e do cortejo, carregavam pessoas para o hospital. Os bombeiros que tinham respondido rapidamente aos acontecimentos eram poucos para responder a tanta desgraça. Havia gente deitada por todo o lado, alguns ferimentos eram tratados ali mesmo no chão. Os ferimentos mais graves, eram encaminhados de seguida para o hospital, já com um diagnóstico feito e com alguns adesivos para estancar os ferimentos.

Os militares fecharam o perímetro cobrindo o local, de uma possível segunda explosão. As ruas que inicialmente tinham sido fechadas para a passagem do desfile, estavam agora controladas por forças militares num procedimento mais rigoroso, identificando cada pessoa que as atravessava, iam facilitando apenas a passagem a viaturas militares e ambulâncias.

O espaço aéreo era também controlado por aviões caças Mirage 2000c, e por helicópteros. Deixava de ser possível aterrar ou levantar voo em Paris, tendo sido encerrado o espaço aéreo até ordens em contrário. Era importante descobrir quem tinha feito aquele ataque, e qual o alvo real a atingir.

As televisões que se encontravam no local para a transmissão do desfile, mostravam agora para todo o mundo, o local da explosão que incendiou um dos prédios dos Campos Elísios. Eram visíveis as chamas a sair pelas janelas do edifício, agora combatidas pelos bombeiros que no local travavam uma luta contra as chamas. Ninguém se atrevia a dar prognósticos da quantidade dos feridos, mas eram dezenas as pessoas feridas que estavam no local. Muitas das pessoas que assistiam das janelas do prédio atingido pela explosão, tinham subido ao último andar, fugindo do fogo que tomava conta do prédio. Havia quem não esperasse pela ajuda que tardava em chegar, e com medo que as chamas chegassem ao telhado, atirarem-se para o telhado do prédio vizinho. Sem sucesso, uma delas caiu para o passeio. Outras apenas se limitavam a aguardar por um melhor desfecho.

Gritavam pelo socorro, com medo de morrerem carbonizadas. Helicópteros militares tentavam evacuar todos, o mais rápido possível, mas parecia que demorava uma eternidade. As ruas estavam carregadas de gente e não podiam ser todos socorridos de uma vez só. Eram minutos de desespero que mais pareciam horas. Os bombeiros em terra tentavam apagar o fogo para que pudessem descer pelas escadas antes que o prédio pudesse ruir. Depois de uma explosão desta natureza os alicerces do prédio ficaram bastantes afetados, e uma derrocada só iria multiplicar o número de mortos e feridos. Era preciso tirar aquelas pessoas o mais rápido possível para que os homens da paz pudessem dar como cumprido o seu dever e eles próprios pudessem proteger as suas vidas. Só iriam sair dali quando estivessem garantidas todas as informações que não havia mais ninguém no prédio precisando de ajuda. Era arriscada a vida destes homens que punham a vida deles em segundo plano, para salvar quem estava em perigo de vida.

- Quem podia ter feito uma coisa destas? – Perguntava agora o presidente da França, já em segurança.

- Não sabemos. Estamos a evacuar as pessoas e a contar os feridos.

- Quero um relatório o mais rápido possível. Quero que as fronteiras garantam um alerta iminente. Estamos em guerra. Mais que um atentado é uma provocação às nossas capacidades militares. – Disse o Presidente da França.

- Estamos a enviar essa ordem agora mesmo para todas as esquadras e para as frentes militares. Se ainda se encontrarem no local da explosão não terão como fugir.

- Pode ser uma tarefa muito mais difícil do que parece. Nada nos garante que não tenha sido um homem bomba. Alguém radicalizado a religiões fanáticas. Pode ter outras origens, temos que manter todas as hipóteses em aberto.

- Há muito que acontecem ataques desta natureza em outros países e nada é feito. Temos que pôr na agenda da próxima reunião um acerto de contas e punições ainda mais severas para este tipo de atentados. Se nos intimidarmos e deixarmos, que continuem a desorientar com estes ataques, corremos o risco de um dia sermos governados por eles. – Disse o Presidente Francês.

O presidente Francês tomava agora medidas de prevenção. Era preciso arrumar a casa e assegurar o seu povo, que nada disto voltava a acontecer. Disso, ninguém tinha duvida, a casa Francesa estava agora num caos. Era preciso muita força para regressar a normalidade.

Capítulo Dez

Casota do Lobo

14 de Julho 2020

Standt Park Steglitz Berlim

Rute continuava no chão. A cadeira de rodas tinha levado um pontapé e Rute caíra junto com ela. O desespero daqueles dois homens, em não encontrar o disco era tão grande, que metamorfoseava a desilusão em violência sobre Rute. Foram recorrendo ao álcool que encontraram no interior dos armários da cabana para afogar o desespero. Bebidas talvez abandonadas por algum turista que tinha por ali passado antes, uma vez que as poucas bebidas que tinham trazido não tinham dado nem para as primeiras horas.

Ali deitada, de forma impotente, tinha a noção que não podia descer mais baixo na sua vida. Tinha sentido na pele todo o tipo de violência física e psicológica e já não sabia se sairia dali com vida. Pedia a Deus que alguém pudesse ouvir os barulhos na casa e aparecesse por lá. De onde estava, conseguia ver as imagens que a televisão mostrava. As manifestações cresciam e as principais entidades políticas de França faziam uma intervenção. Uma explosão nos Campos Elísios em França, captou na totalidade a atenção dos homens que a brutalizavam. Tinham que ter alguma coisa a ver com o que lhe estava a acontecer.

- A vitória está próxima. – Gritou um dos homens que a tinha raptado. Estava sentando mesmo à sua frente, assistia às imagens transmitidas pelas televisões, de quando arrebentou uma explosão em França. Mostravam o cenário de destruição,

A sua teoria tinha cada vez mais credibilidade, mas não ia haver hipótese de a contar. Ninguém cantava vitória, se não tivesse uma pontinha de intenção que isso se realizasse. Começavam a cantar vitoria por fazerem parte deste diabólico plano. O conteúdo do disco, tinha-lhe aberto sérias desconfianças sobre toda a Comunidade Europeia. Hoje, essa desconfiança confirmava-se. Existia mesmo um plano para dominar a Europa.

- Já acordaste?

Rute não respondeu, apenas desviou o olhar.

- Deves estar cansada de estar aí presa. Vou soltar-te. Mas tens que me prometer que te vais portar bem.

Rute olhou-o com um ar espantada. Pois não estava à espera da atitude dele. Será que alguém tinha ouvido as suas preces. Não sabia se a sua atitude era boa, ou má, mas estava farta de estar ali presa. Faria qualquer coisa para se libertar daquela horrível cadeira. Estava completamente encharcada de água e alguma urina libertada pela quantidade de horas a que estava presa. Não a tinham soltado para nada, nem para ir a casa de banho. O cheiro ao seu redor era um pouco incómodo, mas o que era isso comparado com a dor que sentia das agressões. Rute abanou a cabeça a dizer que sim.

O seu colega dormia profundamente no outro sofá. Rute não tinha muita escolha, o seu corpo doía por todo o lado. Esperava ser socorrida e que por fim fosse solta. Talvez não tivesse intenção de a magoar, tinha sido menos violento que o seu colega que agora dormia um pouco alcoolizado. Começou por colocar a cadeira de rodas direita. Em seguida colocou-se à sua frente e aproximou a mão das cochas de Rute, ao qual ela respondeu com um pequeno empurrão.

- Então. Não disseste que te ias portar bem?

Podia ser uma oportunidade para Rute. Se ele a soltasse e fizesse tudo o que ele mandasse podia, domina-lo e fugir. Voltou a abanar a cabeça dizendo que sim.

Aproximou-se mais uma vez e soltou-lhe as pernas atadas à cadeira de rodas. Colocou-se à altura dela e puxou-lhe as pernas para ele abrindo-as uma para cada lado. Ao abrir as pernas dela a saia subiu mais um pouco. A sua intimidade estava agora ofendida. Rute queria dizer não, o contacto do seu corpo contra o dela repugnava-a. O cheiro do álcool fazia-a desviar a cara. O medo e a raiva misturavam-se dentro dela.

- Deixa-me primeiro ir à casa de banho. Ainda urino mesmo aqui, estou mesmo muito apertada.

O homem ainda hesitou mas soltou-lhe uma mão.

Rute dava-lhe sinal com o olhar, para que libertasse as duas mãos. Ele entusiasmado abriu um pouco a blusa dela e beijou os seus seios apalpando-os de seguida, com uma das mãos. Depois deixou-se levar entusiasmado pela sua beleza e pelo momento e soltou-lhe a outra mão. Nesse mesmo instante em que o homem desapertava o fecho das calças e deixava-as cair pelas pernas abaixo, ficando com as partes íntimas descobertas, Rute empurrou-o com toda a força. Enquanto ela caía de costas, Rute pisou-lhe as partes genitais, o mais forte que conseguiu. Depois sem olhar para trás começou a correr em direção à porta. Assim que a abriu continuo a correr porta fora. O homem ali ficou encolhido com as mãos entre as penas aos berros, o que acordou de imediato o outro raptor que dormia.

- Que se passa?

- Corre atrás dela que vai a fugir.

- Atrás dela! Correr atrás de quem?

- Da jornalista.

- A jornalista! Onde está a jornalista?

- Como é que ela conseguiu fugir?

- Isso agora não interessa apanha-a, senão o lobo mata-nos.

Rute arrastava a perna direita mas corria o mais rápido que podia, no meio do jardim. Assim que se apanhou livre começou aos gritos por socorro. Não era fácil correr com tantas dores no pé que adormecia a perna toda. As forças não eram muitas, apenas tinha bebido água nos últimos dias. O seu estômago não conhecia o peso da comida há muitas horas. Ainda andou uns metros por entre as árvores do jardim, quando o homem já estava no seu alcance, restando-lhe um bocado de madeira caído ali no chão, e tenta impedir que ele a agarrasse.

- Se te aproximas de mim arranco-te a cabeça com este pau.

Quando ele ouviu aquilo ainda deu um pequeno riso. Rute atacou-o com toda a força que restava, levantado o pau na direção dele. O pau não atingiu mais que o ar que o rodeava. O homem agarrou no braço de Rute, e atirou-a para o chão com muita facilidade. Condicionada pelas mazelas e pelas suas dores no pé, a limitação era evidente sendo facilmente apanhada. Estava muito fraca para poder fugir. O seu sentimento de liberdade durou pouco mais que um minuto.

- Onde pensavas que ias?

- Por favor não me faça mal. Deixem-me ir embora. Prometo que não conto nada a ninguém. – Prometeu Rute.

- Isso não nos cabe a nós decidir.

Foi arrastada pelos cabelos para dentro da casa. Não tinha muita escolha, eles eram definitivamente mais fortes que ela, não adiantava de nada lutar contra eles. Assim que entrou dentro de casa, voltou a ser amarrada novamente naquela cadeira de rodas. O homem que a tentou seduzir e violar já estava recomposto, aproximou-se dela, e deu-lhe uma valente bofetada.

- Pára com isso! – Ordenou o outro.

- Não tinha nada que fugir.

- Sim. Também tu não tinhas nada que a libertar. Foste bastante irrefletido. Se ela tivesse fugido mais valia atirares-te abaixo do monte de Zugspitze ou enterraras-te no gelo.

- Não era caso para tanto drama, ela como está nunca iria muito longe. Já não se aguenta de pé.

- Se fosse a ti não arriscava. O lobo comia-te vivo.

Zugspitze era o pico mais alto da Alemanha. Era uma expressão muito utilizada entre o povo alemão, quando queriam dramatizar entre o impossível e o irracional.

Rute estava presa novamente. Tinha perdido a última oportunidade de respirar em liberdade. Tinha agora que ser corajosa para receber a sentença final. Ela tinha suplicado vezes sem conta que se a deixassem ir, não contaria nada a ninguém. Tinha pedido a Deus que lhe desse uma morte rápida, mas ninguém ouvia os seus pedidos nem as suas preces. Esta entregue ao destino e às brutalidades que aqueles dois, a destinassem.

Capítulo Onze

15 de Julho de 2020

Porto

Johnny tinha atirado o saco de treino para o chão. Retirou o equipamento e colocou-o em cima do banco do balneário do Global Fitness, ginásio que frequentava, sempre que podia para manter a forma física. De forma calma equipou-se e dirigiu-se para a sala do ginásio com uma pequena toalha no ombro e uma garrafa de água na mão.

Esticou as pernas e braços estendendo os músculos. De seguida subiu a passadeira e começou a caminhar. Já tinha um treino estabelecido. Começava sempre por caminhar durante cinco minutos e acelerando o passo da passadeira a cada dez minutos. Num dia em que o ginásio estava quase vazio. Havia muitas passadeiras e bicicletas livres. Nem sempre era assim. Tinha pouca gente, por ser dia de jogo grande na televisão, com o Benfica a jogar contra o Porto para a taça de Portugal. Eram poucas as pessoas que vinham ao ginásio nestes dias. Para Johnny era o ideal pouca gente, significava menos confusão. Preferiam ficar a ver o jogo nos cafés em vez de ir ao ginásio, ao contrário de Johnny.

O jogo já tinha começado, e Johnny já estava a correr em passo acelerado. O ginásio tinha uma televisão no meio da sala que transmitia o jogo em direto. Sempre que a equipa por quem torcia tinha a bola nos pés, e jogava no contra ataque, Johnny corria mais rápido, como se fizesse parte do jogo. Por vezes, sentia uma vontade enorme de chutar à baliza, reflexos de quem já jogou futebol, vivendo o jogo ao minuto. Era como se fosse mais um elemento da equipa.

Era mais forte que ele, sentia que assim custava menos correr. Por vezes, quando fazia bicicleta no ginásio, corria contra a máquina, onde escolhia o circuito e os adversários. Era uma forma motivadora de não se sentir sozinho e desanimado a fazer desporto. Ninguém gosta de ficar em ultimo, mesmo quando o adversário é uma máquina. Tinha encontrado uma motivação, e onde buscar a força anímica, para correr mais um pouco desafiando os seus limites.

As equipas disputavam a bola no meio campo, quando a emissão é interrompida, por uma informação de última hora. Passava uma informação sobre o desaparecimento de uma jornalista, encontrado morto em Berlim, no quarto do Hotel Internacional de Steglitz.

Johnny ia correndo como se nada fosse, nem a interrupção do jogo o fez parar, estava empenhado em acabar o que tinha iniciado. Tinha programado fazer quarenta e cinco minutos e ainda estava a meio. As imagens transmitiam uma maca com um corpo coberto a sair de dentro do hotel Internacional de Steglitz, para o interior de uma ambulância. Johnny estava tão ligado à passadeira que demorou a ligar-se à noticia. Mas quando ouviu o nome do local de trabalho do jornalista tudo mudou. Tratava-se de um jornalista da televisão independente. Ao ouvir o nome da televisão onde trabalhava Rute, despertou o interesse pela notícia.

- Mas é da televisão onde trabalha Rute. - Disse Johnny.

Johnny sabia que Rute ia para Berlim, depois da entrevista em Roma. Em poucos minutos apercebeu-se que podia tratar-se de Rute. Saltou abaixo da passadeira e correu para o balneário. Tinha que lhe ligar para ficar mais descansado. Meteu a mão no bolso das calças penduradas no cabide e tirou o seu telemóvel. Marcou o número de telefone de Rute, e esperou pelo sinal de chamada. Ainda antes do primeiro toque, a chamada foi dirigida para a caixa de mensagens. Ouvia-se a voz de Rute, dizendo que não estava disponível. Johnny ainda insistiu mais uma vez, mas voltou a ouvir apenas a caixa de mensagens, aproveitando para deixar uma mensagem.

- ``Por favor liga-me assim que puderes. Ouvi agora o sucedido em Berlim. Espero que estejas bem. Amo-te.'' – Deixou a mensagem Johnny.

Não queria acreditar no que se estava a passar. Um jornalista tinha sido encontrado morto e nem queria pensar que poderia ser Rute. Estava em choque, tirou a roupa e foi para debaixo do chuveiro tomar um banho rápido. Tinha que sair dali e tentar falar com alguém que o clarificasse sobre o que tinha acontecido. As imagens multiplicavam-se na sua cabeça. Como teria acontecido, para aparecer morto um jornalista. Qual o motivo.

Saiu do chuveiro e pensou em ligar para a redação da televisão independente, local onde alguém já podia ter mais informações sobre o acidente. Rute trabalhava há três anos nesta televisão, tinha feito muitos amigos por lá. Procurou o número no seu telemóvel, mas não o tinha gravado. Sempre que queria falar com Rute, era diretamente para o seu telemóvel, logo nunca tinha gravado o número de telefone do trabalho de Rute.

Vestiu-se o mais rápido que pôde e saiu do ginásio a correr. Entrou no seu carro guardado junto à entrada, à pressa atirou o saco para o banco do passageiro de qualquer maneira. Arrancou o mais rápido que pode, em direção ao local de trabalho de Rute e durante o caminho ia tentando ligar para o seu telemóvel, mas sem sucesso. Não queria em instante nenhum, acreditar que aquele corpo, fosse o de Rute.

- Para que servem os telefones, se não são para estar ligados? Nunca atendem quando precisamos de falar com alguém. – Reclamou Johnny.

Queria acreditar que Rute teria desligado por acaso ou por falta de bateria. Mas por razão alguma admitia que o Jornalista morto, que tinha visto sair do hotel nas imagens transmitidas na televisão fosse Rute. Acelerava o máximo que podia para chegar o mais rápido à redação. Como um louco, passava pelo meio dos veículos que iam se arrumando quando viam a condução louca. Com os quatro piscas ligados, conduzia pelas ruas de forma desorientada, ia ultrapassando todos os que se metiam à sua frente. Não evitou algumas buzinadelas, mas chegou rápido à redação da Televisão Independente. Estacionou o carro na entrada, mesmo em cima do passeio e entrou dentro do edifício Plaza na Avenida da Boavista, numero duzentos e noventa.

Chegou à receção do edifico e dirigiu-se ao segurança, para pedir autorização para entrar no edifício. Pediu para falar com Cristina Duarte, uma amiga em comum. Passados alguns segundos, foi-lhe dada a autorização para que pudesse subir. Johnny entrou no elevador o mais rápido que podia, carregou no botão que marcava o terceiro andar, e esperou que as portas se fechassem.

Quando chegou ao terceiro andar já Cristina estava à porta do elevador à sua espera.

- Sabes alguma coisa de Rute? – Perguntou Johnny.

- Não. Já ligamos várias vezes e o seu telemóvel está desligado.

- Também já fiz o mesmo. Diz-me. De quem era corpo que foi encontrado no Hotel?

- Era do Óscar. O cameraman que acompanhou Rute, no auxílio das filmagens da entrevista. Não entendo o que se passou. – Desabafou Cristina com uma lágrima no canto do olho.

- Lamento muito. – Disse Johnny.

Johnny abriu os braços e deu-lhe um abraço. Por mais que não sentisse o mesmo peso da perda de Óscar não hesitou em confortá-la. Cristina era colega e amiga de ambos e precisava muito daquele abraço. As preocupações de Johnny iam agora mais longe onde estaria Rute.

- O que terá acontecido? Onde estará Rute? – Perguntou novamente Johnny.

- Ainda não sabemos. Já enviamos uma segunda equipa para tomar conta da informação. Mas para já não podemos dar mais respostas a nada.

- Será que Rute teria fugido, no meio desta confusão?

- Não me parece.

- Qual seria a razão para serem atacados?

- Nada faz sentido, só com o tempo teremos as respostas para o que está a acontecer.

- Talvez tivesse conseguido fugir.

- Gostava de dizer que sim. Mas se assim fosse Rute já teria ligado para alguém. Até agora ainda não tivemos nenhuma notícia.

- Mas o que Rute foi lá fazer afinal? – Perguntou Johnny.

- Apenas umas entrevistas. Rute tinha entre mãos várias entrevistas sobre a Europa para um documentário.

Nada de anormal. Passou primeiro pelo Vaticano em Roma e depois seguiu para Berlim para uma outra entrevista. – Disse Cristina.

- Então o que correu mal? O que levou ao que está a acontecer. – Perguntou Johnny.

- Não sei. Temos que deixar evoluir as coisas, antes de tirarmos conclusões precipitadas. – Disse Cristina.

- Sim, mas enquanto o tempo passa continuamos sem saber onde está Rute e em que condições. – Afirmou Johnny, demonstrando a sua preocupação.

- Lamento Johnny. Também nós estamos preocupados. Mas temos que aguardar. Aguarda aqui mais um pouco por favor, vou ver se já há mais alguma informação. – Anuiu Cristina.

Johnny começava a andar de lado para lado, com as mãos cruzadas atrás da cabeça. O tempo que passava sem informação de Rute era devastador. Johnny desolado, pegava no telemóvel e tentava ligar para Rute. Ninguém atendia. Voltava a coloca-lo no bolso e fixava o seu olhar nos ecrãs da televisão, assistia a alguns comentários, mas noticias sobre o nome do jornalista nada. Talvez tivessem que aguardar que alguém reconhecesse o corpo ou tivesse ainda em curso algumas investigações antes de ser anunciado a identidade do jornalista. Johnny era polícia e sabia que estas coisas podiam demorar. Nunca pensou no que poderiam estar a passar as pessoas, que estavam para lá da fita de isolamento, do campo de investigação. Hoje sentia pela primeira vez na pele, e da pior maneira esse sentimento. Não se pode anunciar a morte de alguém, sem ser reconhecido o corpo. O que fazia sofrer quem estava com o coração nas mãos, esperando o anúncio das notícias.

Do local onde estava, dava para ver a sala de redação com secretarias e pessoas coladas a um grande ecrã, passava nos ecrãs, prestando atenção às últimas notícias. Iam fazendo as primeiras comunicações das imagens que tinham acontecido em Berlim, a informação oficial sobre Rute, passava nos ecrãs pela primeira vez. Anunciavam uma jornalista desaparecida. De onde estava via Cristina falar com alguém. Passados alguns minutos Cristina, acompanhada com o chefe de redação vieram ter com Johnny. O chefe de redação lamentou o sucedido.

- Já se sabe alguma coisa sobre Rute?

- Nada, apenas o que nos chega da televisão Alemã. Informam que só encontraram um corpo, no quarto do hotel. Rute continua desaparecida em parte incerta.

- O que vamos fazer? – Perguntou mais uma vez Johnny.

- Não podemos fazer nada, não sabemos onde ela está, nem mesmo se está viva. Apenas sabemos que está desaparecida. – Concluiu o chefe de redação.

- Temos que tomar alguma atitude! – Retorquiu Johnny.

- Ela está por conta dela. Sabia os riscos que corríamos, quando quis levar esta entrevista adiante. O telemóvel dela está desligado. Já tentamos inúmeras vezes ligar-lhe. Temos que ser pacientes. Se estiver viva vai entrar em contacto connosco. – Respondeu pragmaticamente o chefe de redação.

Johnny não prestou atenção a uma única palavra. Tudo o que o chefe de redação acabara de dizer, não estava a agradar Johnny. Para ele não saber de Rute, já era duro, ouvir desvalorizar a pessoa que mais amava era uma linha muito perigosa, essa que o diretor de redação estava a pisar. Johnny avançou na sua direção.

- Ouça com muita atenção. Rute apenas estava a fazer o seu trabalho. Se a vida dela corre perigo ou está em risco é porque gosta do que faz. Ao contrário de muita gente que mete a cabeça na areia como a avestruz. Ela vai à procura da notícia e da verdade. Outros preferem ser esmagados, ou enganados sem saber o que aconteceu, ou de onde veio.

Cristina não dizia uma palavra, ainda se colocou no meio para que Johnny não avançasse mais para cima do chefe de redação. As coisas podiam acabar muito mal para ambos os lados. Cristina era a responsável por Johnny ter entrado, e os ânimos estavam muito quentes. Ele estava desorientado, como se estivesse a ressacar a presença de Rute. Apenas queria ter mais apoio para procurar Rute. Naqueles últimos minutos, ficou bem vincado que ela estava por conta própria. Não estava ao alcance da televisão Independente, encontra-la.

- Eu vá busca-la. Afirmou Johnny.

- Quem pensa que é para chegar aqui e dar-me ordens? – Retorquiu o chefe de redação.

- Sou alguém que se preocupa com Rute. Ela estava a trabalhar, por isso é da vossa responsabilidade ajuda-la.

- Aconselho-o a acalmar-se ou a sair. Estamos todos do mesmo lado. Queremos todos encontra-la. – Concluiu o chefe de redação.

Cristina segurou Johnny que já ia lançado para cima dele e arrastou-o para a porta de saída. Foi tentando acalma-lo. Entendia a dor de Johnny, mas não estava ao alcance dela fazer muito mais. Teriam que esperar por novas notícias.

- Não posso ficar aqui. É muito para mim. – Afirmou Johnny.

- Diz-me o que vais fazer?

- Não sei. Talvez vá para Berlim. Ela está sozinha, precisa de ajuda. – Explicou Johnny.

- Mas é uma loucura. Nem sabes onde ela está. Berlim é grande. Tens que ter calma. – Afirmou Cristina, tentando convencer Johnny a aguardar novas informações.

- Alguma coisa ade ocorrer-me. – Desabafou Johnny.

Dizendo isso Johnny abraçou Cristina, como se estivesse a despedir-se dela. Entendia que Cristina não pudesse fazer muito mais, mas que ninguém contasse com ele, para fica ali de braços cruzados. Tinha muito mais que fazer que esperar pelo evoluir das notícias.

- Tenho que ir. Poderei ser mais útil lá do que cá. Obrigado à mesma pela ajuda. Vamos falando por telefone.

- Tem cuidado. – Disse Cristina.

- Vou ter. – Disse Johnny.

Johnny carregou no botão para abrir as portas do elevador. Assim que abriram, entrou sem hesitar. Ainda fixou o olhar em Cristina e todos os que se encontravam naquele piso da redação. Levava com ele as imagens daquela maca a sair do hotel. Já tinha tomado uma decisão, não ia ficar de braços cruzados a ver o tempo passar estava fora de questão ficar como aquelas dezenas de pessoas que atendiam o telefone e passavam informações para um computador, e para os ecrãs de televisão. Não estava em causa o trabalho delas, se faziam bem ou mal, mas isso não dava segurança a Rute nem identificava o seu estado, nem o local onde ela se encontrava.

Assim que saiu do edifício Plaza na avenida da Boavista entrou dentro do seu carro, e dirigiu-se para o aeroporto Sá Carneiro. Johnny ia apanhar o primeiro voo disponível para Berlim. Numa fração de segundo decidiu que tinha que encontrar Rute, estivesse ela onde estivesse. Era uma decisão arriscada. Mas no amor ouvimos sempre o coração, e não a razão. O amor por Rute falava mais alto que tudo.

Johnny conhecia bem o Porto e as suas estradas e num abrir e fechar de olhos já estava na VCI em direção ao aeroporto, que ficava a dez minutos de estrada. Conduzia ainda com as palavras do diretor na cabeça, o que o revoltavam ainda mais.

`` Ela está por conta própria.´´

`` Ela sabia os riscos que corria, quando quis levar estas entrevistas avante.´´

- Ninguém valoriza o trabalho que fazemos. Deixámos tudo para trás para conseguir alguma coisa enquanto outros ficam sentados nos escritórios, apenas fazendo desenhos num papel, sem saber o que custa estar no terreno. – Lamentava Johnny.

Assim que chegou, estacionou no parque do aeroporto e nem pensou nos custos do estacionamento na sua ausência. Sabia que iria precisar de uma viatura à sua espera para quando chegasse. Mesmo não sabendo quando isso poderia ser. A prioridade era encontrar Rute, custasse o que custasse. Tinham partilhado juras de amor eterno, na última vez que estiveram juntos. Subiu as escadas rolantes para o piso de embarque. Não tinha bilhete para embarcar mas sabia que podia comprar um no interior do aeroporto, desde que houvesse lugares disponíveis. Johnny dirigiu-se a um balcão da TAP e pediu um bilhete de avião para Berlim.

- Por favor. Queria um bilhete de avião para Berlim.

- O próximo disponível é só daqui a três horas. – Explicou a menina que o atendeu.

- Não havendo outro. Pode ser esse mesmo. – Retorquiu Johnny.

Pagou o bilhete e colocou-o no bolso. Ainda fez mais uma chamada do seu telemóvel, mas sem sucesso. Voltou a encontrar a caixa de mensagens do telemóvel de Rute já cheia. Mesmo que quisesse deixar uma mensagem dizendo que estava a caminho de Berlim já não seria possível. Caminhou pelo aeroporto até à porta de embarque e sentou-se no banco à espera que a porta de embarque abrisse. A viagem até Berlim não seria muito longa nem demorada. Em pouco mais de três horas estaria em Berlim. A sua preocupação aumentava a cada minuto.

Capítulo Doze

Agosto de 2010

Língua Alemã

Johnny estava a passar férias, com uns amigos no Algarve em Albufeira. Tinham arrendado casa em conjunto durante quinze dias. Eram quinzes dias de liberdade total. Era praia de sol a sol, juntavam-se muitas vezes na praia pela noite dentro, acendiam uma fogueira e ali ficavam conversando e bebendo umas cervejas ou faziam música com uma guitarra. Iam cantando umas músicas noite dentro. Quando não cantavam ficavam ali apenas conversando ou contando umas anedotas. Os dias passavam-se e iam fazendo amigos com muita facilidade. A disponibilidade das pessoas em tempo de férias para travarem amizade é total. Existe muito mais tempo e disponibilidade para tudo. Até mesmo para fazer amigos.

Foi quando conheceu Barbara Wagner num bar. Acidentalmente acabou por derrubar a sua bebida, no meio de tanta confusão era inevitável. Os bares estavam sempre cheios. De imediato prontificou-se para lhe pagar uma outra bebida. Inicialmente Barbara recusou, mas Johnny insistiu. Barbara estava também de férias no Algarve, com os seus pais e uma prima. A dificuldade em falarem foi enorme no início, com a barreira da língua. Johnny não falava Alemão e Barbara não falava Português. Iam se desenrascando com o Inglês que ambos tinham aprendido na escola.

A descoberta é sempre algo que nos fascina e Johnny deixou-se fascinar pela forma carinhosa que Barbara falava. Era uma pronúncia diferente e com muitas palavras misturadas, e sem nexo, o que tornava as suas conversas, bem mais engraçadas. Riam-se das próprias asneiras, brincando com as diferenças dos países de origem. Aquela pequena conversa, depois de Barbara ter aceitado a bebida foi interrompida, pela insistência da prima que queria ir embora. Trocaram o número de telefone por cortesia e despediram-se.

Durante dois dias nenhum dos dois ligou. Johnny estava com os amigos, e assim queria que continuassem as suas férias. Apesar de Barbara Wagner, ser uma mulher de parar o trânsito, e de deixar sobressair a sua beleza, e as curvas do corpo por onde passava, Johnny não estava ali para arranjar namorada mas para passar férias com os amigos. Barbara era loura de olhos azuis, uma pele branca como a de um bebé acabado de nascer. Se isso ainda não fosse o suficiente, para Johnny se deixar levar pelo conjunto da fotografia. Barbara, tinha uma forma tão meiga de lidar com a vida como se os problemas não existissem e a vida fosse perfeita. Tinha uma voz calma e macia, com um sorriso sempre nos lábios. Não precisava de falar para encantar. Cada vez que Barbara falava, deixava um charme no ar e todos tentavam meter conversa com ela, muitas das vezes sem retorno. Mas não se pode alterar o destino e Johnny e Barbara voltariam a encontrar-se no mesmo bar. Quando se viram foram logo cumprimentar-se. O cupido tinha flechado os seus corações.

- Olá.

- Olá, Barbara.

- Ao menos ainda te lembras do meu nome.

- Porque não havia de me lembrar?

- Não me ligaste. – Confirmou Barbara Wagner.

- Ia ligar-te. Apenas ainda não tinha deixado tempo suficiente para que tivesses saudades minhas.

- Quem disse que tive saudades tuas.

- Não tiveste? – Perguntou Johnny.

- Não.

- Vês. Por isso é que ainda não tinha ligado. Ias dizer que era como todos os outros, que metiam conversa contigo. No dia seguinte, ligavam-te sem nunca mais te largar. Ias-te encher de mim, bem antes de me conheceres.

Os dois acabariam por rir, com a desculpa esfarrapada que Johnny deu. Barbara sentia-se muitas das vezes pressionada pelos rapazes para a conhecerem, insistindo para que saísse com eles. Outros evitavam meter-se com ela. Sentiam-se inseguros à beira de alguém tão bonita como ela. Johnny não tinha feito por mal ao não ligar, mas estava demasiado ocupado com os amigos. Estava a desfrutar das suas férias, da melhor maneira que podia.

A partir desse dia tudo mudou. Começaram a sair mais vezes e Barbara ao terceiro dia já se tinha mudado com a prima para a casa, que os quatro amigos tinham arrendado. Passaram juntos, o resto do verão. Porém o destino não tinha programado para eles o amor eterno.

Ainda hoje não sabia muito bem, porque tinha acabado a sua relação com Barbara que parecia um amor para toda a vida. Um amor que começou forte e sólido, por vezes mesmo até explosivo e inquebrável, mas perdeu as suas defesas com o passar do tempo. O coração deixara de bater tão forte com a distância, e o tempo, encarregou-se de fazer o resto. Depressa foram se apagando aquelas férias de dois mil e dez, e aquele amor de verão, que o fez viver uma paixão. A distância, que não era um problema de início, começou a ser uma perpetuidade. No entanto a distância era encurtada e quebrada pelas muitas viagens de Johnny, à Alemanha, por telefone e pela Internet.

Passavam muitas horas com o Skype ligado falando de tudo e de nada, mas sempre que desligavam o computador sentiam que a relação arrefecia. Era como uma pessoa em coma, mantendo-se viva por uma ficha, sentindo as palavras de uma pessoa como se ali estivesse presente, vivia os mesmos sentimentos de uma maneira diferente com a omissão do seu toque. Foi um namoro que durou dezoito meses, sobrevivendo à distância de centenas de quilómetros que acabariam por ser uma barreira muito grande. Como diz o ditado

`` Longe dos olhos, Longe do coração´´

`` O tempo fez uma parte, a distância fez o resto´´

Johnny aprendeu da pior maneira o significado desse provérbio. Demorou a esquecê-la, mas tal como da primeira vez, não voltou a ligar-lhe. Sabia que Barbara tinha uma carreira na Alemanha. Era médica no hospital de Frankfurt e teria que abdicar de uma carreira para estar sempre a vir a Portugal. Para Johnny ficou a amizade de Barbara Wagner e o conhecimento da língua Alemã.

Foi apesar de alguma dificuldade, acabou por aprender a fala-la. Tinha o convite para se mudar para a Alemanha, mas o clima era muito rigoroso e abandonar o seu Portugal estava fora de questão. As suas raízes, os seus familiares, e os seus amigos, mantiveram-no ancorado ao seu país, por mais que gostasse de Barbara.

Capítulo Treze

15 de Julho 2020

Bar do Hotel

Johnny tinha chegado ao hotel internacional de Steglitz. Os jornais tinham mostrado, para todo o mundo o que ali se tinha passado. Johnny passou pela receção para se instalar no hotel. Sabia que não podia entrar por ali dentro fazendo perguntas de qualquer maneira, não estava em Portugal.

Em Portugal, tinha a sua jurisdição policial lhe teria facilitado a vida. Chegaria mais depressa ao local dos acontecimentos, e fazia as perguntas, que lhe apetecesse ainda que não estivesse destacado para aquele crime. Alcançaria sempre o apoio da equipa policial, responsável por aquela investigação. Tinha sido uma viagem muito dura e havia polícia por todo o lado. As explosões em França e este acontecimento em Berlim tinham decretado uma duplicação de segurança por parte dos países atingidos e vizinhos. A insegurança marcava o receio de mais atentados bem explícito na cara das pessoas que por ali passavam, alguma insegurança e medo.

Estava agora num país diferente do seu, onde as regras eram outras, e o seu secretismo, tinha que ser mantido até saber um pouco mais do que tinha acontecido ali.

Sabia que Rute tinha ficado no quarto duzentos e sete, segundo as notícias. Teria sempre que começar por ali. Estar perto do quarto onde tudo tinha acontecido ajudaria a apanhar uma pista. Ia ser difícil conter as emoções sabendo que Rute continuava desaparecida. Por muito que isso lhe custasse não tinha alternativa tinha que guardar as emoções só para ele fazendo um pouco do seu trabalho de polícia.

- Boa tarde. Queria um quarto, por favor. – Pediu Johnny ao chegar ao balcão da receção.

- Boa tarde. Preciso de um documento de identificação. – Disse o empregado.

Era visível a polícia na porta de entrada. O hotel tentava funcionar dentro da normalidade, havia vários hóspedes a circular, mas as investigações continuavam. Como normal nestas situações o quarto tinha sido isolado e ninguém poderia lá entrar até ordens da polícia, mas que não impedia que o restante funcionasse. Mesmo estando a decorrer uma investigação.

- Temos um quarto livre no terceiro piso, número trezentos e doze. – Afirmou o empregado.

- Eu preferia ficar no segundo piso, se possível. Não gosto muito de alturas. Não sei se me entende. – Explicou Johnny.

- Deixe-me ver. Sim temos um disponível número duzentos e seis. – Disse o empregado.

- Pode ser. – Disse Johnny.

O empregado tirou todos os apontamentos necessários do documento de identificação, e depois deu-lhe a chave do quarto, devolvendo-lhe o documento identificativo.

- Aqui tem. Tenha uma boa estadia. – Afirmou o empregado, sorrindo.

- Obrigado.

Johnny não olhou para trás. Pegou na chave e no seu documento de identificação pessoal, e subiu as escadas. Não tinha nenhum pavor a elevadores, mas podia dominar melhor a área do hotel, enquanto subia as escadas. Ia subindo de forma disfarçada e calma, fazendo uma leitura através dos espelhos e das imagens refletidas nos vidros das pequenas janelas. No hotel tudo aparentava estar normal, quem diria que ali mesmo, há poucas horas tinha acontecido tamanha tragédia. Pessoas que faziam o check-out e outras a entrar no hotel para se instalarem. Notava-se todo o empenho por parte dos funcionários e gerência do hotel, em desvalorizar os acontecimentos, de forma a não prejudicar o seu funcionamento.

O hall do hotel tinha um grande sofá, com uma floreira no seu interior. Tinha também um piano que embelezava a receção. Um clássico na Alemanha. Ninguém tocava talvez por respeito ao que tinha acontecido, não havia motivos para festejar. Berlim mantinha a tradição em transmitir a cultura musical. Porém existia um hábito de todos os dias, no período entre as onze e o meio-dia o piano ser tocado. Era uma forma de acolherem ou despedirem-se dos seus hóspedes com uma harmonia musical. Havia várias pessoas ali sentadas e Johnny olhava cada uma delas, tentando tirar algum indício do que se poderia ter passado e se alguma dessas pessoas teriam algo suspeito. Por mais que desse, voltas e mais voltas ao local, não encontrava sinal que pudesse leva-lo até Rute.

Subiu as escadas até ao primeiro piso, depois subiu degrau a degrau até ao segundo andar. Ao entrar no corredor que dava acesso ao seu quarto, parecia que o seu coração ia explodir. Cada vez a bater mais forte, Johnny passou mesmo em frente à porta do quarto duzentos e sete, onde tudo tinha acontecido. Uma pequena dor na cabeça abalou-o, fez com que se apoiasse numa das paredes do corredor. Por segundos ele respirou fundo para se recompor e seguir em frente.

A porta do quarto duzentos e sete, estava fechada com uma fita amarela com a designação pólice. Era utilizada muitas vezes, nos locais de crime ou de investigação, para ninguém mexer. Introduziu o cartão na porta do seu quarto, e antes de entrar, olhou para os dois lados e depois de não ver ninguém entrou.

Não tinha levado com ele nenhum saco, porque não estava de férias. Tinha arrancado para o aeroporto o mais rápido que conseguiu. Apenas se deslocou à janela e olhou lá para fora, imaginando o exterior do corredor e o acesso ao quarto.

- Estando o quarto duzentos e sete no lado oposto, não será fácil entrar lá sem ser visto. Havia câmaras de filmar em cada um dos corredores. Tenho que arranjar uma maneira. – Pensava Johnny.

Para entrar no quarto duzentos e sete, teria que arrancar as fitas que isolavam o quarto, sendo o único caminho possível cruzar o corredor. Com a vigilância apertada, e com as câmaras que Johnny tinha detetado no fundo do corredor, não seria fácil lá entrar sem ser visto. Queria chegar mais próximo do local do crime, mas para já tinha que encontrar uma forma de o fazer. Sem que fosse detetado.

Não podia ficar ali parado, o tempo não parava e Rute ainda não tinha sido encontrada. Resolveu sair do quarto e descer até ao bar do hotel. Mais uma vez desceu pelas escadas. Era mais fácil analisar todos os cantos do hotel, se andasse a pé em vez de utilizar o elevador. De olhos postos, em tudo o que o rodeava analisava os empregados e as pessoas que por ele cruzavam. Qualquer tipo de informação era sempre um começo.

Entrou no bar, e sentou-se mesmo no balcão. A empregada dirigiu-se de imediato ao seu encontro.

- O que deseja beber? – Perguntou a empregada.

Precisava de uma bebida forte para relaxar a ansiedade. Por dentro, Johnny estava em estado de explosão.

- Dê-me um whisky por favor. – Pediu Johnny, pousando os braços no balcão do bar.

A empregada, tirou um copo da prateleira e colocou-o em cima do balcão. Serviu o whisky no copo com uma pedra de gelo.

- Aqui tem. - Disse empregada.

- Obrigado.

Com o copo de whisky na mão, Johnny olhava pelo espelho do bar todos os movimentos nas suas costas, rodeado por pessoas que entravam e saiam do hotel. Vigiava os movimentos da polícia à paisana, mas fácil de detetar quem eram. Pareciam hóspedes com o bloco de apontamentos na mão denunciava-os com facilidade. Havia alguns jornalistas na entrada do hotel relatando os acontecimentos para os jornais locais. As televisões faziam reportagens e filmagens da entrada do hotel. A notícia ainda era fresca, e todos queriam saber o que tinha acontecido. Mesmo os mais distraídos, acabavam por se esbarrar com tanta polícia ainda no local.

Quase de golada, Johnny tinha esvaziado o seu copo de whisky.

- Outro? – Perguntou a empregada.

- Não, obrigado. O dia ainda está a começar e se mantiver este ritmo teria que me deitar cedo.

Não havia muito para fazer, mas para já Johnny tinha que apurar factos, e nada melhor que começar por quem trabalhava ali. As pessoas têm o hábito de relatar nos cafés o que se passa. Quem trabalhava naquele bar tinha de certeza ouvido alguma coisa. Teria que saber quem estava a trabalhar no bar na hora dos acontecimentos. Esta empregada teria assistido certamente a alguns comentários. Certamente teria alguma informação. Johnny começou a falar com a empregada do bar.

- Tanto movimento por aqui. Está cá alguém famoso? – Perguntou Johnny.

- Não. Quer dizer que eu saiba não. – Respondeu a empregada do bar.

- Então a que se deve as televisões por cá?

- Com o que aconteceu aqui ontem. – Anuiu a empregada.

A empregada engoliu em seco. Não estavam autorizados a falar sobre o assunto. Havia uma investigação em curso e qualquer pessoa podia ser suspeito. Johnny queria ouvir a versão dela, por isso fez de conta como se não soubesse de nada.

- O que aconteceu assim de interessante? – Perguntou Johnny, insistindo na sua ignorância.

- Não viu os jornais ontem? Não falaram de outra coisa.

- Não. Sabe de férias, desligo-me um pouco do resto do mundo. – Concluiu Johnny.

- Bem. Nem devia estar a falar no assunto. Apareceu morto no quarto duzentos e sete, provavelmente que estava cá hospedado. Uma tragédia. Ainda não foi encontrado uma explicação para o sucedido. Ontem mais parecia um filme policial. O hotel tinha polícias por todo o lado. Devagarinho o hotel tenta agora voltar a sua normalidade.

-A, serio! – Questionou Johnny.

- Sim e uma jornalista ainda está desaparecida. Só Deus sabe o que lhe possa ter acontecido.

- Então eram dois jornalistas? – Perguntou Johnny.

A empregada chegou-se mais perto do balcão, para poder falar mais baixo, para que ninguém ouvisse a conversa. Notava-se que estaria ali à pouco tempo e esta situação tinha mexido com ela. Tinha uns cabelos pretos compridos mas atados atrás como rabo-de-cavalo. Estava vestida com uma blusa branca e uma saia preta. Com um pano na mão passou no balcão simulando que estava a limpar. Pegou no jornal que estava em debaixo do balcão e colocou-o à sua frente, depois abriu a página onde fazia destaque ao assassinato de Óscar, o jornalista hospedado no hotel.

- Segundo o que ouvi, alguns hóspedes falarem apesar de terem reservado dois quartos, os dois jornalistas estariam no mesmo quarto, uma vez que encontraram coisas da jornalista, no mesmo quarto onde o jornalista foi encontrado morto. - Disse a empregada.

- No mesmo quarto! Eram quartos separados! – Johnny repetia.

Johnny começou a pensar no que a empregada lhe dizia. Rute estaria no quarto de Óscar, o colega que a tinha acompanhado na viagem para esta entrevista a Berlim. Não queria pensar na possibilidade de que Rute o pudesse enganar. Amava-a demais para a colocar nesse cenário de traição. Mas, e se seria verdade? E se Rute tivesse um caso, com o seu colega Óscar e não soubesse? Ela afirmava que os dois estavam no mesmo quarto, quando foi morto. Talvez ela tenha assistido a tudo.

Engoliu em seco, mudou de cor três vezes. Rute jurara-lhe vezes sem conta o seu amor por ele. Não tinha razões para duvidar do seu amor.

- Talvez tenha lá ido forçada. – Sugeriu Johnny.

- Ou arrendou o quarto separada só para passar despercebida, e ficassem num só quarto. Casos desses acontecem diariamente por aqui e em muitos outros hotéis. Muitas das vezes são marcadas conferências ou reuniões, mas nunca saem dos quartos durante a estadia. – Concluiu a empregada.

Johnny não queria acreditar, nem podia contrariar a empregada. Não tinha em seu poder, informação suficiente para abandonar o bar. Queria saber mais qualquer coisa. Por mais que lhe custasse o que estava a ouvir, tinha que se manter firme. Tudo não passava de histórias e especulações.

- Como sabe que tinham alugado dois quartos?

- Aqui no hotel sabemos tudo. Tinham arrendado o quarto duzentos e sete e o quarto duzentos e oito. Mas só o quarto duzentos e sete estava remexido. – Disse a empregada.

- Duzentos e oito. É mesmo ao lado do meu quarto.- Pensava Johnny.

Enquanto a empregada falava, Johnny fazia um esquema do que ouvia. Por onde teriam entrado os raptores. Como teriam acesso ao quarto, teriam que os andar a seguir. O que Rute teria feito, ou no que estaria ela metida para ser seguida, e raptada. Havia um morto, ou talvez dois, uma vez que o corpo de Rute continuava desaparecido. Podiam simplesmente tê-la levado como refém, no caso de aparecer a polícia, e depois despacha-la num canto qualquer. Por outro lado podia Rute ter alguma informação importante, que a mantivesse viva. Contudo Rute corria perigo de vida e Johnny precisava agir. Um outro filme começou a desenrolar-se na sua cabeça. Talvez a mulher de Óscar tivesse descoberto que tinha um caso. Teria contratado alguém para o vigiar e quem sabe matá-los. Se os dois estavam no mesmo quarto, tudo fazia algum sentido.

- Onde está agora a outra jornalista? – Perguntou Johnny.

- Segundo o que eu ouvi dizer foi levada pelos homens que mataram o outro jornalista. Foi levada numa cadeira de rodas como se fosse um doente e só conseguiram descobrir depois mais tarde, quando viram as gravações, das câmaras de filmar do hotel. – Disse a empregada.

- Dê-me mais um whisky. – Disse Johnny.

O que continuava ouvir era tudo cada vez, muito mais forte e confuso. Não estava a conseguir digerir aquilo tudo de um momento para o outro. Por mais que lhe custasse ouvir aquilo tudo, tinha que aguentar. Pelo menos mais um pouco. Johnny não conseguia digerir o facto de que Rute o teria enganado, não fazia sentido. Era uma mulher linda, com um sorriso encantador. O seu charme preenchia toda uma sala só com a sua presença. Não precisava abrir a boca para ser o centro das atenções, sem questionar o facto de poder ter o homem que ela quisesse, sem ter que se esconder. Bastava deixar ficar Johnny que não lhe faltavam pretendentes. Se queria manter-se livre e sair com quem quisesse bastava dizê-lo, Johnny não teria feito figura parva. Pior que ser deixado, seria descobrir que andava a ser enganado, mesmo debaixo dos seus olhos, sem saber nada. Como diz o ditado o amor é cego. Johnny sentia-se dividido e cego.

- Aqui tem. – Disse a empregada.

- Obrigado. Tem um bonito nome – Disse Johnny olhando a placa que a empregada trazia ao peito `` Alese´´.

- Obrigado. Foi o meu pai que escolheu, quando nasci. – Sorriu Alese.

Alese parou um pouco, antes de dizer alguma coisa mais. Notava alguma curiosidade em Johnny. Respirou fundo e continuou a falar. Notava-se que Johnny estava um pouco mais longe que toda aquela conversa. Ia escutando o que dizia, apenas pela metade. Não parava de pensar em Rute. Os porquês, multiplicavam-se na sua cabeça.

- Sabe o que significa?

- Não.

- Alese significa, bela alma.

- Não sabia. Isso quer dizer que o seu interior é grande.

- Talvez ele tenha visto mais o meu interior que o exterior. – Concluiu Alese, demonstrando um carinho especial pelo seu pai.

- Que exagero, você é muito bonita. Não pondo em causa o seu interior, mas a sua beleza está vista de todos.

Johnny bebeu um pouco mais. Não tinha dito aquilo para a cortejar, ou convida-la, apenas saiu-lhe. Estava com o coração um pouco destroçado para pensar nisso agora. Não tinha cabeça sequer para meter-se com alguém. Rute estava no topo do seu coração, apesar de tudo o que tinha ouvido. A vida tinha-lhe ensinado a acreditar só no que via, não no que ouvia. Porém também lhe tinha ensinado que onde havia fumo havia fogo. Primeiro teria de encontra-la e depois teria uma conversa com ela, para saber o que se passou naquele quarto. Podia simplesmente nunca mais a encontrar e aí não poderia ter essa conversa de esclarecimento. Se assim fosse tinha que viver o resto dos seus dias com essa mágoa e duvida. Talvez a sua confiança no amor, diminuísse a partir de hoje.

- Porque teriam levado a outra jornalista com eles? – Perguntou Johnny.

- Deviam querer alguma coisa dela. Ouvi dizer que remexeram o quarto todo, certamente procuravam alguma coisa. Talvez a matem quando encontrarem o que procuram.

- O que procurariam eles?

- Isso. Ninguém sabe, nem mesmo a polícia que continua a investigar o quarto deles.

- Tudo isto que me conta é muito estranho.

- Sim. Estranho e triste. È a conclusão que nós aqui chegamos.

Johnny já não podia ouvir mais nada. Já tinha ouvido tudo o que era preciso, a partir dali, tudo era mera especulação. A empregada já tinha feito quase um filme de tudo o que se ali tinha passado. Tinha criado os ladrões e sabia quase ao pormenor como tinham fugido. Tal como Johnny especulou, tinham ficado alguns hóspedes, tinham ficado toda a noite a falar sobre o sucedido toda a noite. Talvez mesmo alguns repórteres de jornal ou televisão, que se assentariam ali em frente do balcão, a noite toda a ver o desenrolar das investigações, para encher os jornais. Teriam falado com ela tudo sobre o que se tinha passado. Ela teria feito o resto do cenário, conhecia o hotel melhor que qualquer outra pessoa que vinha de fora. Trabalhava ali o que facilitava as coisas, na sua descrição. Teria ajudado a escrever a história a troco de alguns euros. Muitos jornalistas, e não só, aliciavam empregados de hotel para obter boas informações sobre os seus hóspedes. Apesar de tudo isso ser contra os regulamentos de qualquer hotel, havia sempre quem furasse o regulamento. Quando chegavam a público algumas notícias, nunca se descobria a origem da fuga de informação.

- Mais parece um filme de polícias e ladrões. – Afirmou Johnny.

- É verdade. Só falta aparecer aqui o herói atrás dos bandidos. – Concluiu Alese.

- Também não exageremos. Vou subir. Ponha na conta do quarto, por favor.

- Já está. – Afirmou Alese.

- Obrigado. – Agradeceu Johnny.

Desta vez passou pela receção, sem paragens. Não utilizou toda a sua perícia policial, para observar tudo o que acontecia ao seu redor. A sua cabeça ditava para que fosse embora dali. Subiu as escadas e apressou-se até ao seu quarto. Precisava refletir, sobre o que iria fazer. As suas limitações eram muitas, e as saídas, muito poucas.

Capítulo Catorze

Disco

15 de Julho de 2020

Johnny estava sentado na cama do quarto duzentos e oito, do hotel Steglitz Internacional, onde Rute teria dormido, enquanto estivesse hospedada em Berlim. O quarto estava limpo e como algumas das suas coisas ainda estavam em cima da cama, mas pouco remexidas e um pouco fora do lugar, mas nada que suspeitasse que alguém estivesse ali. Tinha uma forma muito própria de ter as suas coisas. Dizia muitas vezes, que tinha tudo fora do lugar, mas organizado.

Johnny, tinha saído pela janela do seu quarto, que ficava mesmo ao lado do quarto, que Rute tinha alugado. Depois de deixar o bar entrou calmamente no seu quarto e abriu a janela. Olhou para o lado e para o outro e não vendo ninguém, encheu-se de coragem e atravessou uma pequena beirada, que dava acesso à janela do quarto ao lado. O quarto duzentos e oito. Agarrado pelas bordas em cimento, e com os pés apoiados nas ranhuras da fachada do hotel Stenglit Internacional, deslocava-se o mais rápido e cuidadosamente que podia, para o quarto ao lado. Pouco olhava lá para baixo. Não era muito alto, no máximo com a queda ou ficava pisado ou partia uma perna. Seria o fim da procura de Rute e o início de muitos problemas. Iriam perguntar o que fazia ali pendurado na beirada do hotel. Ainda ia ser constituído arguido do assassinato de Óscar. Nada tinha a ver, com aquele assassínio. Depois de alguns suores frios, conseguiu entrar no quarto. Teve que partir o vidro de uma janela, mas era a única forma para entrar no quarto dela sem ser visto. Encostou-se de costas para a janela e com uma pancada seca, pontapeou o vidro. Que se partiu de imediato. Colocou a sua mão pelo vidro partido, e abriu a janela pelo seu interior, destrancando o fecho.

Parecia que Rute não tinha dormido ali. A cama estava feita e os lençóis estavam direitos, como acabados de passar a ferro e colocados na cama. Johnny ainda pensava se não teria dormido no quarto duzentos e sete mesmo em frente do seu, como tinha sugerido Alese no bar. Johnny estava baralhado, com alguma frustração por não estar a conseguir encontrar Rute nem mesmo uma pista. Essa frustração era agora transformada em raiva e medo. Só pelo facto de pensar que Rute lhe tivesse mentido, espetou um murro no travesseiro. Óscar que tinha viajado com ela, tinha ficado hospedado no mesmo hotel. Não sabia mais em quem acreditar. Estava preso entre aquelas quatro paredes e no tempo. Considerava-se de mãos atadas. As pistas que tinha seguido tinham o levado a um beco sem saída. O quarto ainda tinha o cheiro do seu perfume deixado no ar, o que indicava que ela tinha estado ali. Mas por quanto tempo e o que estava fazer, era uma pergunta sem resposta.

Levantou-se e deslocou-se até junto da janela do quarto, olhou para o exterior e encostou a testa no vidro da janela. Sentiu o frio do vidro na sua testa, que ajudou a quebrar a temperatura no seu corpo, que fervia de ansiedade. Aquele pequeno esfriar na testa era como um calmante que percorria as veias do seu corpo, congelando o pensamento que fervilhava e o impedia de refletir.

Johnny suspirava. E por segundos, fechou os olhos, indo buscar ao fundo das suas memórias, a imagem do rosto de Rute.

- Como te encontro? Em que te meteste agora?

A pergunta permanecia na sua cabeça. Se tivesse deixado uma pista, seria mais fácil. Qualquer coisa que o encaminhasse para alguma luz, alguma razão para o que estava a acontecer. Rute nunca contava tudo sobre o que andava a investigar no trabalho, dizia que era sigilo profissional. Gostava de mostrar apenas quando estava completo. Para não despedaçar a motivação ou o sucesso. Se o fazia a meio talvez fosse criticada ou desmotivada. Assim, deixava as coisas correr até estarem prontas. Johnny nunca se importou muito com isso, era o trabalho dela, e ele não estava ali para complicar.

Colocou a mão no bolso e tirou o relógio que Rute lhe tinha dado da última vez que estiveram juntos, naquela tarde, antes de embarcar no avião no aeroporto Sá Carneiro no Porto. Tinha sido um almoço esplêndido, e talvez o último. Olhava-o fixamente, vendo os ponteiros dos segundos girar sem parar, mas sem Rute era como se o tempo parasse. Sentia o perfume que o relógio ainda guardava na correia, não era um perfume invulgar. Era o perfume dela, uma mistura de baunilha e coco muito suave. Johnny não sabia a marca do seu perfume mas adorava aquele cheiro, era como uma característica dela, ou um pedaço. Quando se passa muito tempo com uma pessoa desvenda-se não só os momentos, como também os sabores e cheiros. Aquele cheiro era como um pedaço dela. Ou uma característica, como a cor do cabelo ou o sabor dos seus beijos.

- Se ao menos tivesse deixado uma pista seria mais fácil! Algo que indicasse um caminho, ou uma razão para o que estava a acontecer. – Disse Johnny.

Naquele preciso momento alguém mexeu na porta do quarto. Aquele barulho quebrou o silêncio, e qualquer pensamento que pudesse atingir, assustando-o. O instinto repentino e aflito na procura da sua arma foi o suficiente para deixar tudo. O relógio caiu ao chão abrindo-se a tampa de trás com o impacto. A queda danificou o relógio que Rute tanto tinha pedido para guardar carinhosamente e estava agora dividido em dois, Johnny ainda olhou para o relógio, mas o tempo não permitia que voltasse atrás para remediar a situação.

- Quem será? Será que é alguém da polícia Alemã que vem aí? Se me apanham aqui estou feito. – Culpabilizou-se Johnny.

- Posso sempre dizer que me enganei de quarto, sendo o meu quarto mesmo ao lado deste. – Desculpava-se Johnny já pensado numa desculpa.

Espreitou pelo óculo da porta do quarto. Era um empregado. Johnny antes de abrir a porta, ainda olhou para o relógio no chão. Lamentou o sucedido, mas sem tempo para reparar aquele erro ou repara-lo, colocou a sua arma na mão direita e com a esquerda abriu a porta. Quando abriu a porta lá estava um empregado do hotel com a bandeja na mão esquerda mantendo a mão direita atrás das costas.

- Correio para o Senhor. – Afirmou o empregado.

- Correio! Mas não disse a ninguém que estaria aqui. – Johnny Concluiu espantado.

- Deixaram-no na receção com o número do quarto. Vim apenas entregá-la.

De facto testava marcado o número duzentos e oito no envelope, o seu quarto. Era tudo muito estranho, mas podia ser uma informação do paradeiro de Rute. Talvez alguém soubesse que ela ia estar aqui e tivesse enviado algum bilhete. Sem hesitar, Johnny achou ter encontrado mais uma pista. No momento que ia a pegar na carta, o empregado aponta-lhe a arma que tinha na mão direita atrás das costas. Johnny já tinha iniciado o movimento para apanhar aquele envelope e ao ver a arma não hesitou um segundo. Em vez de agarrar o envelope agarrou a mão do empregado, que lhe apontava a arma, puxou-o para ele enquanto pontapeava a porta, contra a cara dele.

Com a mão esquerda voltou a agarra-lo pelos cabelos e empurrou-o contra a parede, com toda a força que dispunha. O empregado, caiu redondamente no chão e largando a arma. Johnny apanhou a arma e colocou-a atrás das costas. Em seguida já com a arma apontada ao empregado arrastou-o para dentro do quarto. Verificou se tinha mais alguém no corredor e em seguida para que não fosse visto por ninguém fechou a porta do quarto.

- Quem é você?

- O que queria daqui do quarto?

O empregado não disse uma só palavra. Ao que Johnny respondeu com um pontapé no estômago do empregado. Já no chão bastante queixoso, Johnny sem piedade voltou a agarra-lo pelos cabelos, e atirou-o para cima da cama. Aproveitava para descarregar toda a raiva que tinha dentro dele, no primeiro que apareceu. Não sabia quem ele era, nem o que ali fazia, mas o facto de ter-lhe apontado uma arma foi o suficiente, para despertar de toda a raiva que tinha. Estava farto de não encontrar uma resposta, para o desaparecimento de Rute, nem o porquê de tanto mistério. Tinha que encontrar Rute. Amava-a demais para ter ficado sentado no sofá de sua casa esperando notícias dela. Estava em Berlim no quarto onde ela tinha sido vista pela última vez. Aquele homem ia dar-lhe as informações que precisava, custasse o que custasse. Voltou a agarra-lo pelas golas do casaco, obrigando-o a olhar para ele.

- Não volto a perguntar? – Insistiu Johnny.

- Responde-me. O que vinhas buscar a este quarto? – Perguntou Johnny mais uma vez.

- Apenas fui contactado por telefone para esta função. Tinha que vir a este quarto e procurar um disco. Se aqui estivesse alguém, teria de a eliminar.

- Como sabias que eu estava aqui? – Perguntou Johnny.

- Não sabia. Trazia um disfarce para poder circular no hotel sem ser incomodado. Quando me aproximei da porta do quarto senti a presença de alguém no interior. Optei por bater à porta.

- Quando voltam a contactar-te? Onde está esse disco?

Johnny agarrou o empregado e apontou-lhe a arma à testa. O empregado gaguejou. Mas acabou por responder.

- Não sei onde está o disco, essa é a razão da minha vinda aqui. Tinha que, andar a procura-lo. Depois ficaram de me contactar por telefone no final da tarde. Sou sempre contactado por telefone, para estes serviços. As ordens chegam por mensagem, muitas das vezes. Apenas envio por mensagem, as condições para o fazer, e o número de conta para o pagamento... Quando é o caso.

Johnny obrigou-o a dar-lhe o telemóvel. Em seguida virou-o de costas e algemou-o com as suas algemas e tapou-lhe a boca com a fronha do travesseiro e pegou nos lençóis da cama e amarrando-lhe as pernas, em seguida meteu-o no guarda-roupa.

Trancou a porta com uma cadeira, dificultando a abertura da porta do roupeiro, para o caso de ele conseguir soltar-se, para que não pudesse fugir dali, ou o surpreender. Ou até quem sabe, avisar os outros do sucedido. Tinha que jogar com as cartas que apareciam, e neste momento mantê-lo vivo era um trunfo a seu favor. Podia sempre precisar de fazer mais perguntas. Ou servir de moeda de troca, e troca-lo por Rute. Agora sabia mais uma coisa. Andavam atrás de um disco. O que quer que tivesse esse disco parecia importante. Se conseguisse encontrar o disco, encontraria Rute.

Olhou para o telemóvel e começou a ver chamadas recebidas, assim como as mensagens. Lá estava a mensagem que dava indicações para que se deslocasse ao hotel Steglitz Internacional ao quarto duzentos e oito. Que procurasse tudo até encontrar um disco. Não dizia mais nada, nem no conteúdo do disco, nem quanta importância tinha. Aquele membro de uma organização, que entrou ali mal falava o Alemão, o que levou Johnny a concluir que havia ali alguma coisa que não batia bem. O problema aumentava uma vez mais, agora que se aproximava de uma pista. O homem que entrou naquele quarto, tinha uma tatuagem na mão direita. Johnny não sabia o que poderia significar, mas tudo indicava o que parecia ser uma marca de algum grupo terrorista.

- Mas que disco será esse, que tanto procuram? O que terá assim de tão importante? – Questionou-se Johnny, agitando a sua roupa e coçando a sua cabeça, com este infindável enigma.

Voltou a olhar à sua volta, mas nada de disco. Apenas encontrou no chão o relógio que Rute lhe tinha entregado naquela tarde no Porto. Estava ali no chão aberto ao meio. Apanhou o relógio e a tampa que se tinha soltado com a queda. Lamentava o que tinha acontecido ao relógio. Ia cuidadosamente a colocar a tampa no relógio quando viu algo colado à tampa do relógio.

- Afinal o que é isto?

- Mas, parece um disco. Será este o disco que tanto procuram! – Afirmou Johnny espantado.

Pegou no disco e virou-o para a luz para tentar detetar alguma informação. Mas não era possível ver nada num disco minúsculo. Apesar de ser um rapaz, conhecedor das modernidades no campo informático, nunca se tinha deparado pessoalmente com um disco, assim tão pequeno. Tinha que arranjar maneira de ler o disco e ver o conteúdo. Aquele disco poderia ser a chave de salvação para Rute, ou talvez a moeda de troca. Agora começava a acreditar, que Rute tinha deixado o disco para trás, com medo que a perseguissem para lho tirar. Nunca pensaria que aquele pequeno gesto antes de se ir embora, lhe deixasse algo tão importante. Rute depositou nas suas mãos o que parecia ser hoje, o ultimo suspiro da sua vida. Devia sentir o perigo e a responsabilidade de o manter com ela. Deixou-o onde talvez ninguém poderia imaginar. Nem mesmo Johnny se apercebia o que tinha em mãos.

Pegou no relógio e voltou a colocar o disco no interior da tampa, fechando-o. Depois colocou-o no pulso.

- Aqui estará mais seguro. Agora tenho que encontrar Rute. – Disse Johnny.

Pegou no telemóvel que tinha recuperado, do homem que entrou no seu quarto. Em menos de um minuto enviou uma mensagem para o número de contacto, que tinha enviado as ordens, para se dirigir ao quarto duzentos e oito e procurar o disco, e para o recuperar a todo o custo.

`` Já tenho o disco. O preço subiu.´´

Johnny não sabia se iria ser contactado, ou receber resposta a mensagem enviada. Era um risco muito grande, mas há riscos que valem a pena ser corridos. Uma coisa tinha a certeza, não tinha muitas alternativas, nem podia ficar mais tempo, ali naquele quarto. Podiam enviar alguém para tentar recuperar o disco. Agora eles sabiam que tinha o disco, se fosse assim muito importante, iriam responder. Por enquanto iriam continuar a pensar que foram contactados por alguém contratado por eles. Enquanto pensassem assim a sua identidade, estaria a salvo. Teria algum tempo para pensar numa estratégia, e para se aproximar mais de Rute.

Agarrou no seu casaco e bateu a porta do quarto de hotel número duzentos e oito. Atravessou o corredor em passo acelerado e carregou no botão para chamar o elevador. Não adiantava sair pela janela, local esse por onde tinha entrado no quarto. Ainda ninguém tinha dado conta do que se tinha passado nos últimos minutos, pelas câmaras de filmagem colocadas no corredor, mas quando fossem rever as filmagens, lá estaria Johnny nas imagens. Quando isso acontecesse Johnny já esperava estar com Rute para poder explicar tudo. A presença nas imagens das câmaras do hotel serviriam mais tarde para completar o puzzle na da sua presença no quarto do hotel duzentos e oito. Seriam sempre dicas para a polícia Alemã, no caso do seu desaparecimento. Com o passar do tempo iriam voltar a entrar no quarto, e encontrariam um homem amarrado no armário. Já estava dentro do elevador quando recebeu uma mensagem no telemóvel.

`` Não se muda as regras a meio do jogo. ´´

- Bem, mas não fui informado de todas as regras. Muito menos do jogo. – Concluiu Johnny lendo a mensagem.

Sem hesitar Johnny respondeu também ele por mensagem,

`` Não fui informado de todas as regras´´

Johnny já não saiu do hotel. Voltou a carregar no botão do segundo andar e precisava de ir ao seu quarto para pensar num plano.

``Pode ser muito perigoso o que está a pedir. Qual é o preço?´´

Johnny respondeu à mensagem.

`` O preço é o disco em troca da jornalista com vida.´´

Era uma jogada muito arriscada, mas tinha que jogar o jogo, na esperança de a encontrar ainda com vida. Se não tinha aparecido morta como o seu colega no quarto do Hotel é porque ainda tinha alguma utilidade. O disco podia ser a razão por ainda estar viva. Se conseguisse levar o seu plano até ao final, trocaria o disco por Rute sem hesitar.

`` Muito bem. Efetuaremos a troca como exigido. A jornalista pelo disco. Efetuaremos a troca hoje às 17h no parque do hotel.´´

Johnny lia a mensagem e pensava o porquê da escolha ali no parque. Se tinham matado o Óscar no quarto do hotel, e entrado com toda a facilidade no quarto de Rute, disfarçado de empregado, podia nunca fazer a troca se tudo fosse uma armadilha. Por outro lado podia querer dizer que havia mais alguém a trabalhar para eles no interior do hotel, se fosse verdade, tinha que sair dali o mais rápido possível, e marcar encontro noutro sítio.

Tinha que arranjar um outro local, para efetuar troca fora do hotel. Olhou à sua volta, enquanto descia as escadas, e em cima do balcão da receção tinha um plano da cidade com os locais a visitar. Não conhecia nada ali em Berlim e o local indicado para fazer a troca passava, por ser num local público. Muita gente podia ser sinonimo de segurança. Ninguém iria atacá-lo com muita gente por perto. Dava muito nas vistas. Desfolhou as duas folhas e após alguns segundos mandou uma mensagem.

`` O local sugerido não serve. Troca de jornalista por disco 17h no Portão de Brandemburgo.´´

Johnny não sabia onde ficava, mas pelas imagens que mostrava o roteiro de visita a Berlim, era um local referenciado pelos guias turísticos, com muita gente a visitar o local, o que podia jogar a seu favor. Quanto mais gente tivesse o local, mais despercebido passava. Tinha agora que planear como fazê-lo.

O Portão de Brandemburgo continuava a ser um dos monumentos mais importantes da Alemanha. Um dos mais simbólicos da história, tal como o arco de triunfo em Paris ou a Basílica de S. Pedro em Roma. Ele foi, em tempos, símbolo da separação da Alemanha. Após a queda do muro de Berlim, assumiu a posição de marco oficial da reunificação Alemã. Uma visita quase obrigatória para quem vai a Berlim, mas que valia a pena fazer pela beleza do monumento. Isso estava estampado nas fotos da brochura que Johnny tinha nas mãos. Para quem o fazia a pé, atravessava a cidade de Berlim, guiado por alguns marcos no chão com placas metálicas douradas, que substituíam agora o antigo muro de Berlim.

A resposta à sua mensagem não demorou muito.

`` Lá estaremos com a jornalista para fazer a troca.´´

- Eu também lá estarei à vossa espera. – Desabafou Johnny.

Agora tinha que pôr-se a caminho, mas antes tinha que descobrir o que tinha aquele disco. O que estaria por detrás de tamanha conspiração. Andava tudo atrás do disco, tinham matado Óscar, e sabe Deus quem mais. Tinha que ser algo importante. Estava mais tranquilo uma vez que lhe tinham enviado uma mensagem a dizer, que iam trocar Rute pelo disco. Rute estava viva e trazia a Johnny, uma força redobrada para continuar. Sabia que ia encontrá-la, tinha esse pressentimento presente, desde o momento que decidiu vir a Berlim procura-la. Também tinha muitas perguntas na cabeça para fazer a Rute, tantas que iria parecer um interrogatório.

Tudo isso teria que ficar para mais tarde. Agora tinha apenas que encontrar Rute e com vida. Matar não era um problema para esta gente. Isso ficou esclarecido quando mataram Óscar. Tinha que elaborar um plano infalível. Um plano que fosse eficaz, numa troca direta, sem mais baixas. Não estávamos num filme. As mortes não tinham retorno. O que Johnny menos queria era que Rute fosse a próxima vitima. Se isso acontecesse a sua viagem não teria valido de nada.

Capítulo Quinze

Um Mês Antes

15 de Junho de 2020

Rute estava na esplanada do Heritage café. Saboreava um café, enquanto aguardava pela chegada, do seu amigo Bruno Cardona. Tinha-lhe ligado um pouco perturbado, a marcar este encontro com alguma urgência. Já tinha passado algum tempo, desde que Rute falou pela última vez com Bruno Cardona. Tinham namorado durante dez meses depois de serem amigos de longa data. Bruno era um rapaz que não passava despercebido com o seu, metro e oitenta, uma boa aparência física e financeira, punham-no no topo da lista de qualquer miúda da escola. Filho de bancário seguiu as pisadas do pai. Hoje era nada mais nada menos que o administrador, da zona norte da Caixa Geral de Depósitos, situada na Avenida da Liberdade no Porto.

Um prédio imponente com cinco andares, e imensos escritórios, e um balcão de atendimento ao público no rés-do-chão. Tudo passava pela mão dele, tinha duas secretarias só para marcar reuniões e atender o telefone. Os seus dias começavam sempre com uma agenda cheia. Desde informações sobre a bolsa, como uma análise detalhada sobre possíveis investidores estrangeiros, tudo chegavam diretamente à sua secretaria por relatório.

Tinha começado como um simples bancário, no atendimento ao público no balcão e passados seis meses já era o gerente da agência. Nessa altura acabou o namoro com Rute. Dizia que não tinha tempo para assumir uma relação séria. Estava empenhado na sua carreira profissional. Não queria que Rute sofresse pelas suas ausências constantes, com idas para o estrangeiro em reuniões, de norte a sul do país. Uma altura que Rute deixou de acreditar no amor, o namoro com Bruno tinha deixado as suas sequelas. Ficou durante anos apenas dedicada também ela só ao trabalho, até que um dia apareceu Johnny.

Hoje, Bruno continuava solteiro. Prisioneiro dentro daquele edifício dividido ente as suas reuniões e o telefone. Rute olhava o relógio. Enquanto esperava sentia o vento leve, acariciando a pele do seu rosto. Adorava a ribeira do Porto e as suas tradições. Com as suas casas típicas, uma característica mantida ao longo dos anos, com fachadas coloridas de outros tempos. Mantendo-se fiéis às suas origens, não sofrendo grandes restauros ao longo dos anos. Rodeadas de cafés e pequenas lojas faziam da ribeira, uma das principais zonas turísticas do Porto.

Com uma vista única sobre a ponte D. Luís, que unia o Porto a Vila Nova de Gaia, Rute sentia-se em casa cada vez que se sentava ali num dos cafés. Não dispensava a tradicional festa de São João típica do Porto. As ruas eram decoradas com bandeirinhas e balões. Eram montados nas ruas bancadas, com grelhadores para assarem a famosa sardinha assada. Com os tradicionais bailaricos de rua e pistas de dança, comia-se e bebia-se pela noite dentro. As pessoas andavam com martelos de plástico pelas ruas seguindo uma tradição de se meterem com as moças solteiras.

Os rapazes solteiros davam vida à tradição. Percorriam as ruas do Porto, com os seus tradicionais martelos na mão. Com pequenas marteladas nas cabeças das raparigas solteiras, tentavam se meter um dedo de conversa. Muitos namoricos e até casamentos surgiam no meio desta tradição. O Porto, nessa noite, apenas parava para ver o famoso fogo-de-artifício. Alugavam-se barcos no rio Douro para ter uma vista privilegiada. Muitas das vezes o fogo era montado em barcos que iluminavam o Rio Douro. Outras vezes enchiam a ponte D. Luís com fogo-de-artifício, fazendo daquele monumento de ferro uma atração brilhante. Quando acabava o fogo-de-artifício os bailaricos continuavam, até o sol nascer. Era a noite mais comprida do Porto. Nesse dia comiam-se quantidades astronómicas de sardinha, não fosse a Ribeira a mãe dos pescadores do Porto.

- Olá.

- Sempre chegaste. – Desabafou Rute.

- Desculpa. Muito trabalho. Não deu para chegar mais cedo.

- Pois. Porque não será que não fico admirada. Diz-me. Que me querias tanto falar. Parecias preocupado ao telefone.

- Continuas linda como sempre. – Interrompeu Bruno segurando a sua mão, e admirando a sua beleza.

- Obrigada.

- Não sei onde estava com a cabeça quando acabei o namoro contigo.

- Aparentemente no trabalho, se bem me lembro. – Pronunciou Rute rindo.

- Deves ter razão. Deve ter sido isso que aconteceu, absorvi-me pelo trabalho.

- Coisas do passado. – Verbalizou Rute, não valorizando o que dizia Bruno.

- Será que ainda posso voltar atrás? – Perguntou Bruno trocando os olhares com Rute enquanto segurava a sua mão.

- Bruno!

- Sim?

Bruno sabia que quando Rute falava assim, chamando pelo seu nome, era porque alguma coisa não estava bem.

- Sabes que agora namoro, nunca te escondi isso. Já tivemos esta conversa no passado, e é lá que a devemos deixar. Não me digas que depois deste tempo todo, tiveste um ataque de nostalgia e lembraste-te de mim. Era isso que era muito importante, para me arrastar até aqui e falarmos. – Afirmou Rute, soltando um tom de voz mais firme.

- Não preciso de nostalgia para me lembrar de ti. Talvez precise é de algo, que não me faça lembrar de ti tantas vezes. Ao fim de alguns anos apercebi-me, que as carreiras profissionais são apenas, um meio para atingir um fim. Ninguém respeita ninguém, e do muito que tu faças, nunca é suficiente nem devidamente valorizado. Atropelam-se pessoas, e muitas delas são tratadas pior que lixo ao fim de anos de dedicação e entrega. Existem pessoas que abdicam, dos filhos e das famílias, para no fim acabarem esquecidos.

- Bruno. – Interrompeu Rute, tentado desviar a lamechice.

- OK, tens razão não te chamei cá para falar disso. Queria falar contigo sobre algo explosivo. Algo que caiu nas minhas mãos sem contar. Tem-me tirado até o sono. Nem sei bem como contar-te.

- Conta. – Retorquiu Rute abrindo a mão, tentando arrancar as palavras a Bruno.

- Já está. – Expressou Bruno com os braços abertos.

Rute olhava para Bruno mas não estava a perceber nada. Com um ar preocupado mas sem as palavras certas para explicar o que carregava consigo. Por mais que Rute lhe dedicasse toda a atenção, não conseguia perceber nada.

- O quê? O que é que já está? – Perguntou Rute.

- Eles já compraram metade da Caixa Geral de Depósitos.

- Como assim?

- A caixa forte deste país já não é só nossa. O nosso equilíbrio financeiro está a passar para as mãos dos outros. Portugal acabou de vender mais de metade do maior banco nacional. Neste ritmo entregará o país ou o que resta dele em pouco tempo. Sim, porque no meio de tanta confusão, já nem sabemos o que é nosso.

- Vamos com calma Bruno. A quem foi vendido o banco? Quem são eles? – Perguntou Rute, não estando a perceber onde Bruno queria chegar.

- Tens que me prometer uma coisa.

- Tudo bem. Diz. Prometeu Rute.

- Esta conversa nunca existiu. Não me podem referenciar como tua fonte. Penso, que ainda ninguém se apercebeu verdadeiramente, do que se está a passar. Se alguém se apercebe, que fui eu que denunciei plano deles, não sei o que me espera. Perco o emprego e quem sabe o resto que tenho. Estamos todos preocupados com coisas tão pequenas, como a de pagar a prestação da casa ou a escola dos filhos que não nos apercebemos de coisas bem maiores a acontecer debaixo do nosso nariz.

- Fica descansado Bruno. Não mencionarei o teu nome. Agora com calma explica-te melhor. Está tudo muito confuso, ainda não percebi nada. – Disse Rute.

- Estão a obrigar-nos vender todo o património Português. Estive a verificar algumas transferências avultadas no nosso banco. Quando vi a primeira transferência fiquei contente, era dinheiro que entrava no banco e no nosso país, mal não podia fazer. Mas quis ir mais ao fundo da questão, quando as transferências continuaram, uma atrás da outra. Algumas vindo da Alemanha e outras dos países vizinhos como a França e Espanha. Quando vi tudo isto, a minha curiosidade falou mais alto. Quis saber um pouco mais. Sou responsável pelo Banco, tenho que estar informado. É importante saber o que se passa, só assim, se previne males maiores.

- O que tem de mal? – Perguntou Rute.

- Não teria nada de mal se todas as transferências vindas da Alemanha, não fossem depositadas em contas de acionistas. Contas direcionadas para comprar ações, de empresas cá em Portugal, e depois são vendidas diretamente para essas origens, ao preço de compra sem lucro. Outras vezes são vendidas abaixo do valor de compra, originando uma maior descida do valor da empresa. Lógico que durante algum tempo as ações caem porque deixa-se de investir. Depois compram o máximo de ações ficando donos das empresas por uma insignificância. O nosso banco está a ser um ponto de transação, de compras mesmo em empresas dos outros países. Agora já tem cinquenta por cento das ações da Caixa Geral de Depósitos. Com este domínio terão mais facilidade em ditar as regras e acesso a todas as contas. Podem simplesmente congelar as contas, ou descapitalizar o banco, com empréstimos para empresas fictícias. Criam uma empresa, de seguida fazem um financiamento acima do valor da empresa, e depois de descapitalizar a empresa dão-na como falida. Se isso continuar a acontecer, sucessivamente o banco acaba por falir, com ele arrasta milhares de famílias e empresas.

- Não podem vender cinquenta por cento do banco a um só acionista.

- Estou convencido que não tinham essa intenção, mas foram obrigados, acabando por realizar uma venda em duas frações, para não chamar à atenção. Uma fração funcionou apenas como cabeça de ferro, a proveniência do dinheiro e o objetivo era o mesmo. Portugal não tem dinheiro, os muros e o chão que pisamos é o único que ainda pode ser vendido, talvez a troco de tempo. Um problema que só está a ser adiado, dinheiro gasta-se e o tempo passa. Esta foi apenas uma forma encontrada, para injetar dinheiro na economia a curto prazo. Adia-se o problema presente, pontapeando-o para o futuro.

- Não pode ser verdade. – Disse Rute espantada com tudo o que ouvia.

- Espera, ainda não é tudo.

- Como assim. Ainda há mais?

- Sim.

- Quando pensamos que nada pior pode acontecer. Aparece algo ainda maior. – Retorquiu Rute espantada com tudo que ouvia.

- Sim. Continuei a verificar as contas de perto. Não foi fácil. Verifiquei que alguém no interior do banco central, desligava o sistema informático do banco durante a noite.

- Durante a noite? Isto já é um caso de polícia.

-Sim. Também achei estranho. Depois de dias seguidos a verificar as contas cheguei a uma conclusão. Só havia uma razão para isso. Durante o fecho das contas verifiquei que tinham um saldo, no dia seguinte o saldo tinha aumentado. No primeiro dia, pensei que me tinha enganado. Não tinha criado nenhum bloco de apontamentos, para não deixar rasto da minha investigação, apenas me limitei a memoriar. Então acompanhei mais de perto os saldos das contas. Comecei por apontar num papel o saldo de algumas contas. Na manhã seguinte, verificava o saldo novamente e foi então que para o meu espanto vi que o saldo tinha aumentado.

Como é possível? Como é que pode o saldo aumentar durante noite?

- Foi a mesma pergunta que fiz a mim mesmo durante horas. – Concluiu Bruno.

- Como fizeram? – Perguntou novamente Rute.

- Fácil. Depois do fecho dos balcões, durante a noite, num horário que coincida com o fecho de muitos bancos na Europa, deslizam-se os computadores centrais. Bastava ter alguém no interior do banco, que faça parte desta estratégia toda. É uma forma de lavar dinheiro, alguém lá dentro recebe o dinheiro vivo, e introduz nas contas durante a noite, sem que ninguém perceba. Cada vez mais o dinheiro nos bancos é virtual. Este tipo de procedimento não deixa rasto. Não havendo registos de transferências de banco para banco, nem resumo de depósitos, tudo fica mais fácil. Quando os computadores se ligam, não há movimentos do dinheiro. Apenas quem verifica o saldo da conta pode se aperceber que a conta tem mais dinheiro, sem que nunca ninguém descubra. Sendo donos dos maiores bancos nacionais e estrangeiros, com grupos a operar em cada um dos países podem fazer o que quiserem. Serão eles a ditar as regras. Durante meses ou anos já muito dinheiro foi transacionado. Se nada foi feito já, amanhã poderá ser tarde.

- E se descobrirem? Se alguém denunciar estas transações, tudo volta ao normal.

- Se descobrirem, podem sempre dizer que será um erro informático. Quem sabe mudar de estratégia, aplicando um plano B.

Rute não queria acreditar, mas sabia que Bruno Cardona não era mentiroso. Não tinha criado todo este cenário só para voltar a aproximar-se dela. Se fossem essas as suas intenções tinha escolhido um bom restaurante, perto de um luxuoso hotel e SPA. Teria criado um cenário onde tudo fosse cor-de-rosa, para que fosse levada pelos sentimentos e pelas emoções fortes, entregando-se ao seu primeiro gesto.

- Tens a certeza do que estás a dizer? – Perguntou Rute.

- Tenho. Acredito que exista um esquema maior do que aquele que é visível agora a olho nu. Mas não posso remexer muito mais do que já remexi. O banco já não é só nosso, posso estar a ser vigiado.

- O que queres dizer?

- Quero dizer que se a compra fosse só ao nosso banco e as nossas empresas, nada seria traumatizante. Seria uma imagem daquilo que estamos a sentir economicamente no nosso país. Simplesmente não há dinheiro. Estão a vender a nossa pátria.

- Sim continua.

- O que acontece, é que isto tem um rabo muito mais comprido. Depois de seguir o rasto ao dinheiro, acabei a passear virtualmente por outros países. Viajei até, Itália, França, Espanha e o cenário não é muito diferente

- O que encontraste? - Perguntou Rute.

Bruno tinha conseguido toda a atenção de Rute. O seu atributo de jornalista tinha disparado. Rute começava a fazer esquemas de tudo o que ouvia. Interrogava-se agora qual era a intenção de compra, de empresas em todos os países. A razão para se tornarem, donos dos bancos e do dinheiro. De onde podia vir tanto dinheiro e qual o objetivo. Tinha ali um caminho longo a percorrer, se queria descobrir aquilo tudo que Bruno lhe contara. A tarefa mais difícil, era convencer o chefe de redação a deixa-la, investigar e publicar o que ouvia. Mais difícil seria provar alguma coisa sem nada nas mãos. Bruno tinha pedido vezes sem conta, que não queria ser referenciado nesta informação, corria alguns riscos por isso preferia ficar de fora. Se metade do que dizia fosse verdade não era só o emprego que estava em causa mas também a sua própria vida.

- Encontrei também o mesmo nome em bancos estrangeiros. Que compram empresas e vendem-nas ao mesmo preço a esse terceiro nome.

- O que queres dizer?

- Quero dizer que se aproveitam da necessidade financeira, para comprar as empresas a todo o custo, dando um baixo valor. As maiorias das nossas empresas do estado em Portugal já foram vendidas. Basta um pequeno problema interno manipulado para sentirem a obrigação de vender o resto.

- Como sabes tudo isto?

- Tenho acesso às contas de todas as empresas, e mesmo a contas dos particulares. O que quer dizer que depois de serem os maiores acionistas, podem colocar alguém da confiança deles, dentro do banco e das empresas a fazer o resto do jogo sujo. Acredita que vejo todos os dias quantias muito grandes a chegar. Seguindo o mesmo caminho dos que compraram o banco.

- Tens como prova-lo? – Perguntou Rute.

- Sim.

- Então podemos denuncia-los.

- Já te disse que não posso ser referenciado, como fonte de informação. Ainda acabo morto num beco do Porto. Tu sabes como existem muitos, por este mundo.

- Não sejas maluco. Pareces mais um detetive.

- Longe disso. Mas as empresas estão a mudar de mão a uma velocidade enorme. Estão a construir um monopólio. Não é só aqui, nos outros países também. Para além disso o património, que pertencia ao povo de cada País, que está a ganhar um novo dono. Algo que foi ganho com sangue e suor está a ser reduzido a buracos armadilhados.

- Não pode estar a acontecer.

- Também pensava como tu, até cheguei a desistir de perseguir o dinheiro, de conta para conta. Não fazia muito sentido o que andava a fazer, mesmo sabendo que não era legal. Corri alguns riscos em meter o nariz onde não era chamado. Então por mero acaso, um dia, tive lá um desses senhores, para fazer um depósito em dinheiro. Um valor muito grande mesmo. Como é habitual nestes casos excecionais o tratamento a estes clientes é caprichado. O banco tem uma sala para banquetes, e alguns clientes são tratados como reis. Longe dos olhares do resto do mundo, o banco é transformado no melhor restaurante. Fazemos os clientes sentirem-se seguros, para deixar o dinheiro em boas mãos.

- Grande luxo. Quando vou ao banco fico horas à espera na fila, para ser atendida. O problema de ser pobre. – Ironizou Rute, com a situação.

- Escuta. Acabamos por almoçar dentro do banco nessa sala, apropriada para banquetes e grandes reuniões. O vinho era bom, e o homem na segunda garrafa, já me tratava como eu fosse o melhor amigo dele. Deu-me um disco com o número de uma conta, para onde queria que fizesse a transferência do dinheiro depositado no banco. Seria tudo normal, até quando me apercebi do conteúdo do disco. Quando vi o que lá estava fiquei espantado. Não tinha muito tempo, para fazer uma pesquisa a tudo, atrasaria muito tempo e podia ser apanhado a mexer onde não devia. Foi quando resolvi fazer uma cópia. Havia muitos outros ficheiros, fiquei com uma cópia de tudo.

Bruno foi ao bolso e tirou um disco. Meteu-o debaixo da mesa e antes de entrega-lo olhou bem à sua volta. Parecia não ter ninguém a vigiar.

- Toma.

Rute pegou no que Bruno lhe tinha entregado, atrevendo-se a dar de imediato uma espreitadela.

- Tão pequeno. – Admirou-se Rute.

- Sim. Mas tem muita mais informação que qualquer disco grande. Não mostres a ninguém e investiga. Fiz uma cópia assim tão pequena para que não fosse detetado facilmente. Procura não entrar com ele em computadores da empresa. Muita das vezes são computadores vigiados, basta uma palavra que faça parte das palavras de investigação e chegam logo a ti.

- O que queres dizer?

- O que quero dizer é que para um esquema deste tamanho, devem ter muita gente em muito lado. Devem estar bem colocados para que no acaso de alguma fuga de informação serem avisados.

- Porque o fariam?

- De um momento para o outro tudo pode acontecer.

- Como por exemplo?

- Tudo. Fecharem grandes empresas. Já que de pequenas que fecham todos os dias ninguém liga. Parece normal. Fecharem bancos por falta de dinheiro, quem sabe até mudar a moeda única ou pior financiar uma guerra.

- Seria impossível! Demorou anos a construir tudo isto, porque acabariam com a moeda única? Seria o fim da Europa. – Retorquiu Rute, ainda incrédula com tudo o que tinha acabado de ouvir.

- Talvez tenhas andado distraída, ou apaixonada, e não tenhas dado a devida atenção para o que está prestes a acontecer. Cada vez há mais grupos extremistas. Alguém tem que financiar estes grupos. O dinheiro tem que sair de algum lado. Num mundo cheio de inimigos e ganancia, seria apenas um meio para atingir um fim. Podem não acabar com a Europa, mas dar-lhe outra importância.

- Então pelo que me dizes, os Países não têm dinheiro, e os bancos também não. Resumindo, neste cenário os governos não sabem muito bem o que fazer e estão entre a espada e a parede. Como não encontram soluções, vendem a qualquer preço tudo o que tem, para adiar a questão da banca rota.

- Mais ao menos isso. – Concordou Bruno.

Rute estava perplexa com tudo o que tinha ouvido. Não tinha como prova-lo, apenas aquele pequeno disco que teria que o guardar muito bem sem poder o mostrar a ninguém. Se fosse verdade tudo o que Bruno dizia podia correr risco de vida. Tinha que parar um pouco para juntar um, mais um. Tudo estava muito confuso na sua cabeça. Nunca pensou que o encontro com Bruno Cardona, se resumisse a algo tão explosivo. Andava sempre atrás de uma boa notícia, mas desta vez a notícia foi atrás dela.

- Agora tenho que ir. – Disse Bruno.

- Ainda não estou em mim, com tudo o que contaste.

- Acredito que sim, por ser muito só para mim, tive que partilhar com alguém. Alguém tem que divulgar estes documentos. Que chamem a atenção enquanto temos algum tempo e liberdade de expressão. Antes que seja tarde demais. Lembrei-me logo de ti. Alguém ligado à televisão, para poder divulgar em massa ao mundo.

- Achas, que isto é tudo verdade?

- Tens o disco. Investiga, tens meios para isso. Se for verdade podem estar em risco muitas pessoas. Pode ser o início de muitas mortes quem sabe milhares.

Bruno levantou-se da cadeira que estava sentado, de seguida deu um forte abraço a Rute.

- Tem cuidado contigo por favor.

- Sei tomar conta de mim. – Afirmou Rute assegurando Bruno.

- Eu sei.

- Parece que estamos a despedir para sempre?

- Quem sabe. Na velocidade que as coisas seguem, o próximo café será nos escombros.

- Não sejas tolo, ainda havemos de cá voltar a esta esplanada, e rirmos de tudo o que me contaste agora. Parece tudo tão exagerado e malévolo.

- Espero que sim. Espero que tenhas razão. Mas só um dos dois pode estar certo. Espero que sejas tu, pelo que vi, o nosso futuro deixou de ser cinzento para ser negro.

Bruno acabou por sair dali a passo apressado. Aquele abraço pesaroso parecia uma despedida ou o relembrar de tempos antigos. Entre eles sempre ficou o respeito, e o carinho do tempo de namoro. A amizade prevaleceu, e os amigos sentem as coisas à distância. Para Rute, Bruno estava nervoso e o que estava naquele disco preocupava-o em demasia. Rute conhecia-o bem e não fora por acaso que a tinha escolhido para partilhar a informação. Sabia que ela era de confiança e que ia investigar. Não só pela curiosidade que toda esta história tinha deixado no ar, mas a noticia em si podia ser explosiva, e podia daria uma boa noticia para a televisão onde trabalhava. Era um exclusivo. Todos os jornalistas lutam diariamente por uma oportunidade de encontrar uma notícia assim.

Capítulo Dezasseis

Casota do Lobo

Standt Park Steglitz Berlim

Rute estava cheia de dores, não tinha conseguido dormir. Continuava sentada naquela horrível cadeira, e com aquele cenário, seria quase impossível fugir. Para além das dores do corpo tinha perdido algum sangue. Apenas tinham-lhe dado agua a beber, há mais de vinte e quatro horas que não comia nada. Estava cada vez mais fraca, já nem se lembrava do sabor dos últimos alimentos. Olhava à sua volta para ver se encontrava alguma forma de fugir dali. Os braços continuavam presos à cadeira de rodas que a tinha trazido do hotel. Tentava puxar os braços, com o resto da força que tinha. Os homens que a tinham raptado, tinham parado de a interrogar. Não paravam de falar um com o outro. Alguma coisa parecia não estar bem.

Não sabia o que lhe tinham dito, mas depressa acabaram por se sentarem no sofá que ali estava em frente a uma pequena televisão, que fazia um enorme ruído. As imagens eram tremidas mas dava para ver alguma coisa. Um dos homens, apercebendo-se que Rute se estava a mexer, veio ao seu encontro. Pegou num pano húmido e limpou o sangue da cara.

- Ainda queres brincar. Parece que as tuas forças se estão a acabar. – Ironizou o homem que se aproximava cada vez mais.

- Deixa-me em paz.

Nesse momento o telemóvel toca, espalhando o som por toda a cabana. Um dos homens pegou no telemóvel o mais rápido que conseguiu.

- Sim.

- Já sabemos do paradeiro do disco.

- Onde estava?

- No quarto duzentos e oito, no hotel.

- Nós estivemos no quarto duzentos e sete, era lá que estavam os jornalistas.

- Sim. Tinham arrendado dois quartos, por isso não encontraram o disco. Querem trocar a jornalista pelo disco.

- Como assim?

- Não estou aqui para dar satisfações ponham-na pronta para a troca. Mais uma vez o telefone desligou-se.

- Quem era?

- Era o lobo. Já sabem do disco. Querem, troca-lo pela jornalista.

- O lobo vai alinhar numa troca?

- Ele disse para pô-la pronta e é o que vamos fazer. Não estamos aqui para dar opinião. Tem que ser rápido, pode chegar a qualquer momento.

- Se a entregamos à troca do disco, ela vai-nos denunciar.

- Um passo de cada vez. A prioridade do lobo agora é recuperar o disco, depois logo se vê qual o próximo passo. – Concluiu o outro raptor dirigindo um olhar frio na direção do colega.

Rute não queria acreditar no que ouvia. Eles não podiam ter o disco. Só havia um disco, e tinha-o deixado escondido no seu relógio com Johnny. A não ser que também tivessem raptado Johnny pensava Rute. No que se tinha metido. Para além de arranjar problemas para o meu lado, também tinha tramado Johnny. Já não chegava ter visto Óscar morrer à sua frente, agora teria que assistir a morte do homem que mais amava. Tinha que arranjar uma solução para intervir, mas as forças eram poucas. Mal conseguia pôr os pés no chão com dores. Quanto mais salvar Johnny. Teria primeiro que se salvar a ela própria. Sem noção de onde estava, e rodeada por dois monstros humanos insensíveis, seria uma luta difícil alertar Johnny. Não se lembrava durante quanto tempo, tinha andado de lado para lado no interior da carrinha, quando foi raptada e colocada ali dentro. Muito menos qual a direção que tomaram. Berlim era grande, nunca seria fácil encontrar Johnny no meio de tanta gente, por mais que conseguisse fugir. O único consolo que tinha, era que podia ver Johnny uma última vez. Os Deuses tinham escutado as suas preces. Se os Deuses lhe atribuíram o ultimo desejo, a sua morte estava próxima. Rute tinha ouvido na conversa telefónica entre os raptores, que estavam a pensar fazer uma troca pelo disco. Ora se o disco estava com Johnny, isso significava que Johnny estava perto. Por muito pouco que isso pudesse significar, dava-lhe sempre um pouco mais de esperança. Nada era garantido, podiam simplesmente matar os dois, assim que recuperassem o disco. Rute tinha descido muito abaixo do que é humanamente viver. Sentia-se mais uma morta viva.

Mil e uma suposições passavam-lhe pela cabeça. A única certeza que tinha era que enquanto não tivessem o disco, a sua vida continuava a ser poupada. Depois disso estava entregue à sorte. Fora por fim solta daquela cadeira. Mal conseguia pôr-se a pé. Teria que comer alguma coisa primeiro. Arrastada pelos dois homens e liberta, daquela cadeira de rodas não sabia para onde a levava, mas qualquer sítio seria melhor que estar presa naquela cadeira de rodas.

Capítulo Dezassete

Loja de Informática

Johnny saiu do hotel e caminhava pelo passeio. Ia olhando para trás, para ver se não estava a ser seguido. Ainda ninguém sabia que ele tinha o disco em seu poder, e isso dava-lhe algum tempo de manobra. Tinha que ir para o Portão de Brandemburgo, sem saber muito bem onde isso ficava, mas antes queria descobrir o que continha aquele disco, e isso não sabia como haveria de fazer. Se estivesse em casa e por segurança podia sempre fazer uma cópia no seu computador, para o caso de alguma coisa correr mal. Como estava a quilómetros de distância tinha que arranjar uma outra alternativa. Enquanto caminhava pelo passeio, avistou uma loja informática do outro lado da rua. Sem hesitar dirigiu-se para lá.

Johnny entrou numa loja informática. Aproximou-se da área dos computadores e começou a investigar como poderia colocar aquele disco para ver o seu conteúdo.

- Necessitarei de um adaptador. – Afirmou Johnny para si mesmo, assim que se apercebeu dessa necessidade.

Olhou à sua volta para ver se ninguém o estava a seguir ou a vigiar. Tudo parecia normal, não havia ninguém por perto. Depois tirou o relógio de Rute do bolso, e foi desapertando a tampa do relógio, no final retirou o mini-disco. Era tão pequeno que ia ser difícil ter acesso sozinho.

Foi nesse instante que um empregado da loja o abordou.

- Boa tarde, posso ajudar? – Perguntou o empregado da loja.

Johnny hesitou em responder, ainda pensou em simplesmente sair. Não sabia em quem confiar. Podia sempre comprar um computador, o que acabaria sempre por ficar bastante mais caro. Aquele empregado devia saber o que fazer, e ele sabia que ia precisar de toda a ajuda possível. Estava sozinho e muito longe de casa.

- Sim. Tenho este disco e preciso de ter uma forma de o ler.

- Temos um adaptador que através de um cabo de entrada USB, lhe dá acesso imediato. Se o entender posso-lhe mostrar.

- Sim. Obrigado. – Respondeu Johnny.

O empregado foi buscar o adaptador. Quando voltou pediu a Johnny que lhe entregasse o mini disco. Depois de alguma hesitação ele entregou-lho. De seguida o empregado colocou o disco no interior do adaptador.

- É isto mesmo. – Concluiu o empregado da loja.

- Sim. Mas na realidade o que eu preciso é de ver o seu conteúdo. Preciso que me ligue a um computador.

- Não estou autorizado, pode ter vírus, e danificar o computador. O que seria complicado de explicar. Ordens da gerência. – Explicou o empregado, franzindo as sobrancelhas.

Por essa Johnny não estava à espera, não lhe tinha ocorrido nada disso, os seus pensamentos iam mais longe. Apenas lhe ocorria coisas praticas, não burocráticas. A forma de ler o disco era um meio para atingir um fim. Encontrar Rute.

- Mas tem que me ajudar, preciso de acesso a um computador. – Disse Johnny.

- Entendo, mas não tenho autorização.

Se estivesse em Portugal bastava apresentar o seu crachá de polícia judiciária, e seria muito mais que uma chave mágica, tudo se simplificava. Não teria necessidade de dizer duas vezes a mesma coisa. Qualquer impedimento podia sempre alegar obstrução à polícia o que intimidada quem se opusesse. Podia alegar que aquele computador fazia parte de um lote roubado e confiscava-o de imediato sob pena de ser levantado mais tarde. Johnny pensava numa saída.

- Ouça, guardo tudo neste disco. Preciso apenas de ver o código do meu multibanco que me esqueci. Simples, certo?

- Não sei se posso. São regras da empresa. Posso perder o meu emprego.

Depois de alguma conversa, os dois estabeleceram um acordo. O empregado acabou por o autorizar que Johnny mexesse no computador.

- Vou deixa-lo aqui alguns minutos. Mas tem que ser rápido, antes que o supervisor da loja se aperceba. – Disse o empregado.

- Obrigado. Serei rápido. – Concordou Johnny, pegando de imediato no computador.

Johnny ligou o computador, seguidamente ligou o adaptador à entrada USB do computador já com o disco introduzido. Depois de alguns minutos o computador detetou o disco. Johnny clicou com o rato do computador para abrir. Para seu espanto o computador pediu-lhe uma palavra-chave para aceder ao disco. Johnny ficou espantado, não estava nada à espera do que estava a acontecer. Não podia correr pior, assim que abria uma porta uma outra parecia-lhe tapar o caminho, impedido que continuasse o seu caminho. Estava a ser uma viagem muito desgastante para Johnny.

- Bem me pareceu que estava a ser muito fácil. – Ironizou Johnny, debatendo-se com um novo obstáculo.

Johnny ia pensado no que poderia ser a palavra-chave. Conhecia Rute à um ano, sabia que a escolha de uma palavra-chave, tinha que ser algo que ninguém descobrisse. Tinha que ser algo pessoal e secreto. Pensava que a conhecia bem, mas as ultimas horas tinham demonstrado algumas surpresas.

- O que poderá ser a palavra-chave? – Interrogava-se Johnny.

O tempo ia passando, e a pressão e a ansiedade não o deixavam pensar. O empregado iria voltar, pedindo que terminasse. O relógio não parava, e a esta hora já alguém o aguardava no outro lado da cidade. Resolveu ir por tentativas. Colocou a primeira palavra-chave.

`` Rute´´

De imediato deu erro no acesso ao disco. No ecrã do computador apareceu. `` Palavra-chave errada, duas tentativas restantes´´

- Seria fácil demais, se fosse esta a palavra-chave. Tem de ser algo importante da vida dela. – Desabafou Johnny para si mesmo.

Após pensar mais uns segundos voltou a introduzir mais uma palavra.

`` Johnny´´

De imediato deu erro no acesso do disco. No ecrã do computador apareceu. `` Palavra-chave errada, uma tentativa restante´´ Johnny tinha apenas uma tentativa. Não podia arriscar mais.

- Parece que não sou a pessoa mais importante da vida dela. Agora resta-me apenas uma tentativa, o que será esta palavra-chave? – Interrogou-se Johnny cada vez mais pressionado pelo tempo.

Johnny lembrou-se do cão que Rute tinha, em casa dos seus pais quando era criança. Podia ser algo estranho, mas Rute gostava imenso daquele cão que perdeu quando era criança. De uma forma natural cresceram juntos. Falava dele muitas vezes, daí a razão de nunca mais querer nenhum cão em casa. Era uma atitude protetora que tinha tomado, impedindo novamente um mesmo sofrimento, evitando assim passar pela mesma dor. Um dia ele tinha corrido atrás de um gato atravessando a estrada desenfreado, acabou por ser atropelado por um jipe. Ela sofreu bastante a perda do cão. O seu pai ainda chegou a leva-la a vários canis e algumas lojas de animais, para que escolhesse um, outro cão, mas não serviu de nada. Rute dizia que não havia outro cão capaz de o substituir.

Mesmo que as esperanças não fossem muitas. Aquela era apenas uma hipótese entre milhares de palavras, mas tinha que tentar. Não tinha muito mais ideias e o empregado já estava de olho nele e no relógio. Só alguns minutos fez ele questão de dizer com um pequeno gesto.

`` Shep ´´

Era assim que o cão se chama. Johnny fechou os olhos e carregou na tecla Enter. Por fim consegui entrar no disco. Ao aperceber-se que tinha conseguido soltou um suspiro de alívio.

- Parece que o cão era mais importante que eu. – Ironizou Johnny, agora mais satisfeito com o desfecho.

No conteúdo do disco apareceram de imediato varias pastas e ficheiros. Por mais que Johnny olhasse para aqueles ficheiros todos, não conseguia compreender nada. Havia uma listagem de várias empresas de diversos países da Europa. O nome de cada empresa aparecia seguido de valores em euros, números compridos de nove a quinze dígitos. Enumerados por gráficos eram visíveis valores e mais valores diferenciados por colunas e cores. A única coisa que Johnny tinha visto mais parecido com aquilo, eram os gráficos da bolsa de valores, impressos no jornal da manhã. Obviamente não entendia nada do que via.

Numa pasta ao lado havia mais um ficheiro. Johnny clicou com a seta do computador em cima do ficheiro, que de imediato se abriu e onde surgiu um mapa, bem definido. Parecia delimitado pelos países da Europa mas todos eles pintados por uma só cor, como se delimitasse um país. Via-se no mapa a Europa demarcada do resto mundo, destacando-se apenas, pelos nomes das capitais ali marcadas, nesse mesmo mapa. Todos sem delimitações dos países nem fronteiras. Todos unidos sem fronteiras como se a Europa fosse apenas um País. Já em termos alguém tinha tentado transformar o continente Europeu em apenas um país.

- No que te meteste desta vez Rute? – Interrogava-se Johnny admirado com tudo que ia descobrindo.

- O que tem de tão importante, este disco, afinal? Que quererão dizer todos estes nomes de empresas e gráficos, e os nomes de alguns bancos. Se o que aqui está espelhado, só posso concluir que estamos perante uma conspiração, ou um plano para dominar estas empresas e países. – Conclui Johnny.

Por mais perguntas que Johnny lançasse para o ar, não havia ninguém por perto que as pudesse responder. Muito menos Rute, quem lhe tinha entregado aquele disco. Ela teria descoberto alguma ligação para aqueles gráficos e mapas.

Para além de tudo isso como se já não fosse difícil para Johnny, havia um esquema traçado por setas, seguidas de números. Todos eles se ligavam sobre o número `` 2020 ´´. Como se esse número, ou ano fosse a chave ou a razão para tudo que estava a acontecer. Mencionada ainda nomes de cidades com datas à frente.

- Estamos em 2020. O que pode estar traçado para o ano de 2020! Á quanto tempo Rute teria em seu poder o disco. E o que teria ela descoberto. - Pensava Johnny.

Ali estava mais uma data, ``14 – 07 – 2020´´ Paris. Surgia mais uma data, entre tantas outras.

O disco continha também um pequeno vídeo, com pequenos relatos sobre teorias económicas. Johnny ainda iniciou o vídeo. Rute aparecia no vídeo de numa entrevista, e vê-la ali a falar como se nada estivesse a acontecer, deu-lhe um aperto no coração. O medo de a perder arrepiava-o. Nesse impulso sentiu um vazio.

Por fim havia uma carta escrita em árabe.

`` لأمير المؤمنين، ***

الهيمنة على العالم. الكفار. الذين يعيشون في المدن الكبيرة. ستتعرض للهجوم في وقت العاصمة. أحد الآباء في وقت واحد. ونحن ند A قريب. في ذات الاستثمار الاجنبي نلقي المدينة فع ثمن معاناتنا. نبدأ من إيطاليا. الكنيسة. بعد فرنسا. وبقية العالم.

نحن نحرص على العالم. ´´

``Aos fiéis, ***

Dominaremos o mundo. Os infiéis que vivem nas grandes cidades. Serão atacados em breve. Os fies tomarão uma cidade capital e um País de cada vez. Faremos pagar pelo nosso sofrimento. Começaremos por Itália. A igreja. Depois a França.

Tomaremos conta do mundo. ´´

Depois de ver todos aqueles ficheiros misturados entre mapas e nomes de empresas e de bancos de toda a Europa, misturando tantas datas e números. Para terminar, como se já não fosse suficiente para o deixar totalmente baralhado, aquela carta era precisamente uma agulha num palheiro. Ou talvez a explicação a tudo o que ali estava escrito, por entre códigos desenhos e números. Johnny não sabia o que poderia ser aquilo. Não entendia árabe, o que ia ser mais difícil obter uma resposta a curto prazo. Tudo ficou ainda mais confuso.

- Tenho que encontrar alguém que me explique alguma coisa do que se encontra dentro deste disco. Talvez devesse contactar alguém da redação, que estivesse por dentro do que Rute andava a fazer. Pensava Johnny.

Não havia nada, que determinasse que Rute estivesse morta. Mas também não havia nada que provasse, que Rute estaria viva. Se o disco lhe tinha sido entregue era porque

Rute sabia que alguém lho podia roubar. Significava que não podia carregar sozinha, tanta informação. Por outro lado podia ser em pedido. Pediria ela simplesmente que fosse divulgado o disco, no caso de lhe acontecer alguma coisa. Antes de chegar a esse ponto Johnny tinha que acreditar na sua intuição, e esperar que o voltassem a contactar. Acreditava que Rute estaria viva, e que iriam voltar a contacta-lo até obterem o disco.

- Desculpe.

O empregado tinha voltado, com um ar um pouco tímido, mas pressionado pela presença do responsável.

- Já estou a desligar. – Afirmou Johnny, apresando-se o mais que podia.

Dizendo isso, debaixo do olhar atento do empregado, Johnny tirou o disco do adaptador e entregou-o ao empregado da loja.

- Obrigado. Ajudou-me imenso. – Despediu-se Johnny.

Agora tinha na sua mão um problema ainda maior. A responsabilidade aumentava. Sabia que estavam a sua espera para trocar o disco por Rute. Tomou a decisão que achou ser melhor para ele. Queria salvar Rute a todo o custo. Mas interrogava-se se seria verdadeiramente isso que Rute teria querido que fizesse. Entregar o disco em troca da sua vida. Para Johnny Rute valia mais que qualquer conteúdo do disco. Mesmo se o seu conteúdo poderia salvar milhares de vidas. A primeira vida que queria salvar era Rute. Poderia ser um pensamento egoísta, mas Rute era o amor da sua vida. Se a conseguisse salvar atrás deste amor arrebatado, conseguiria talvez depois salvar muita mais gente.

Para isso tinha que continuar no terreno investigando mais um pouco os passos que Rute podia ter dado e esperar o contacto, de quem estava por detrás daquele rapto.

Não sabia em quem confiar, e não sabia a quem pedir ajuda. Se procuravam aquele disco ao ponto de matar, tinha que ser alguém muito importante por detrás deste plano. Tinha que ter um grande valor com toda aquela informação de bancos e empresas, e quem o procurava, ia fazer tudo para o encontrar. Aquele disco não podia morrer no esquecimento, nem cair nas mãos erradas, acabaríamos sem nunca perceber o que faziam ali o nome daquelas empresas e bancos. Nomes e mapas que faziam parte do plano estratégico de alguém.

Johnny pensava em Rute, onde poderia estar. Como estaria ela a aguentar-se depois de tudo isto que estava a acontecer-lhe. Talvez estivesse ferida. Será que a estariam a torturar para que entregasse o paradeiro do disco? Ele estava disposto a tudo para a encontrar, sabendo que eles também o iriam fazer.

Ele conhecia muito bem, alguns métodos utilizados nas salas de interrogatório da polícia judiciária. Ouvia falar também de outros métodos utilizados por grupos hostis. Nada se comparava como muitas das vezes se fazia transparecer nos ecrãs de cinema, com agressões físicas violentas ou verbais.

Mas por vezes eram bem piores os métodos usados, até aos limites psicológicos, entre os presos interrogados. Deixando os presos sem água ou comida durante horas. Uma vez um colega seu deixou um preso algemado, a uma cadeira durante três horas, enquanto tinha ido almoçar. Depois de várias tentativas de o questionar, sobre o esquema de um assalto e sem obter resposta, pegou numa garrafa de água de litro e despejou-a sobre a cabeça. Ligou o ar condicionado na temperatura mínima e foi almoçar. A temperatura da sala foi baixando, esfriando por completo o corpo do prisioneiro.

Quando chegou à sala de regresso do almoço, já o preso tremia como varas verdes. Ao final de mais alguns minutos na sala, já tinha conseguido obter do prisioneiro uma confissão, sem um único arranhão em nenhuma parte do seu corpo.

- Tenho que a encontrar o mais rápido possível. Não sei do que eles são capazes de fazer, para saber o paradeiro do disco, ou a totalidade do seu conteúdo. Tenho que jogar com a vantagem que tenho do disco, estar no meu poder. – Afirmou Johnny, planeado a forma como chegar aos raptores de Rute.

Podia ser uma vantagem ter o disco em seu poder. Mas era também uma grande responsabilidade. Era como ter a vida da pessoa que mais amava na sua mão. Um pequeno erro seria o suficiente para a perder para sempre. Tinha que ter muito cuidado. A vida de Rute dependia da forma como Johnny conseguisse levar a que os raptores a trocassem pelo disco. Era uma jogada muito arriscada, mas dava-lhe tempo para pensar, ou para a manter viva. Teria que se expor ao máximo num frente a frente. Sendo que não tinha nenhuma garantia que a troca se efetuasse, mas tinha que arriscar.

Capítulo Dezoito

Palácio de Reichstag

No interior do Palácio de Reichtag, o Presidente da Alemanha assinava agora documentos para enviar para a embaixada. Havia sempre correio e papeis, que tinham que passar pela sua mão. Tinha que tomar conhecimento de tudo o que se faia no seu país, do seu conteúdo e de seguida assinava-os. Decisões e documentos pareciam não ter fim. Havia sempre novas leis para serem postas em prática e serem analisadas. Dividido entre reuniões com os seus ministros, e os papéis que chegam à sua secretaria, passava horas infindáveis ali dentro daquela sala. O presidente tinha chegado cedo naquela manhã, estava a preparar uma ausência merecida para duas semanas de férias. Ia aproveita-las em Espanha com a família nas ilhas canárias. Um convite feito pelo Presidente espanhol que consecutivamente vinha a ser adiado.

Seria um local calmo e confidencial, longe dos jornalistas, e de todos os olhares indiscretos, queria repousar um pouco. Este seria o seu último ano como Presidente da Alemanha, ao final de três anos no poder. Tinha assumido aquele cargo quase por imposição do partido, com o objetivo de fortalecer a Alemanha, contestada muitas vezes. Com alguns candidatos prontos para ocupar o seu lugar, começam agora a afiar os dentes para que rápido cheguem novas eleições. Os seus sessenta e seis anos e alguns problemas de saúde, não permitiam que se mantivesse muito tempo na presidência. Os seus médicos já o tinham avisado que tinha que deixar o cargo por bem ou por mal.

Seria muito melhor deixa-lo por bem, e guardar alguma saúde para gozar, nos últimos anos de vida que lhe estivessem reservados. Bastava uma pequena agitação fora do que lhe era permitido, para fazer explodir o seu coração. O coração é o lar da mente e do espírito. Geralmente as influências externas não afetam o coração diretamente, mas criam uma reação explosiva à volta dele. Na posição que ocupava não precisava de muito para aparecerem reagentes externos, que proporcionassem essa explosão. Mais difícil era evita-los. Líder de um Pais e responsável por uma Europa, agora em crise tinha muitos problemas para resolver. Uma agenda sempre cheia dava pouca margem para descanso. Sempre com dois seguranças no corredor, que seguiam muito de perto todos os seu movimentos, evitando possíveis ataques. A sua preocupação passava agora apenas pela quantidade de papéis que tinha na sua secretaria para ler.

- Chamem um médico. Fechem todas as entradas do Palácio. – Gritou Adalwolf vendo em que estado estava o presidente da Alemanha.

Quando Adalwolf entrou na sala, já o presidente estava debruçado em cima da sua secretária. A sua aparência pálida e imóvel não demonstrava sinais de luta nem sangue. Tudo indicava o que mais parecia um ataque cardíaco ou algo parecido. Agora só os médicos poderiam dar um resultado mais exato. Os primeiros seguranças que entraram na sala ainda tentaram reanimar o presidente. De urgência foi soado o alarme dentro do edifício, em simultâneo foram acionados todos os mecanismos de socorro e segurança do Palácio de Reichtag. Um alvoroço estava agora instalado no interior do edifício. O Presidente era enviado de imediato, de helicóptero para o hospital. Com todos os mecanismos ativos, e com a máxima rapidez foi conduzido para o hospital, chegando ao destino já sem vida. A Alemanha tinha perdido o seu presidente de uma forma muito estranha e brutal. Tinha sido assassinado mesmo debaixo de toda aquela segurança impenetrável a que estariam sujeitos os prováveis assassinos, que quisessem levar a cabo tal ato.

O presidente foi sujeito a rigorosos exames, era preciso encontrar as causas da sua morte ou de assassino. As horas que se seguiram eram de grande cautela. As notícias começavam a relatar as primeiras informações passadas clandestinamente para o exterior do palácio. Era preciso esclarecer o povo Alemão que agora dava conta pela perda do seu presidente. Um país sem um líder não beneficiava em nada a sua economia. Após algumas detalhadas análises ao sangue, foi detetado no seu organismo moléculas de alcaloide e ricina, uma proteína tóxica tirada da semente da mamona. A quantidade encontrada dava para matar três pessoas, o que não admira que tivesse tido uma morte imediata ali na sala, deixando-o imóvel debruçado em cima da sua secretaria. O presidente não tinha inimigos pessoais conhecidos, mas a Alemanha estava cheia deles. Quando se lidera um país como a Alemanha não é difícil arranjar inimigos. A Alemanha estava em choque. Em toda a sua história enquanto nação ninguém se lembrava de um cenário destes. Nunca nenhum presidente tinha sido assassinado desta maneira. Como poderia acontecer uma coisa destas, mesmo debaixo do nariz de tanta segurança, e dentro de um palácio tão bem vigiado.

Eram controlados à lupa, na receção, todas as caixas ou cartas que chegavam, um controle diário para antever se estavam armadilhadas com bombas ou outras toxinas e só depois eram introduzidas na secretaria do Presidente. Eram conhecidos vários métodos para o fazer, e os controles que eram submetidos e aplicados, eram muito rigorosos. Não se entendia como teria sido assassinado daquela maneira. A Alemanha estava de luto, tinha perdido o seu presidente de uma forma violenta. Ainda não estava posto de parte a hipótese de ter sido envenenado em sua casa. Alguém com acesso à cozinha. O mais estranho era, que uma quantidade assim tão grande de veneno, demorasse tanto tempo a reagir. Todos os sinais levam a que, teria que ter sido dentro do palácio de Reichstag. Dava agora início à caça aos possíveis assassínios.

Nas horas que se seguiram, a Alemanha recebia de todos os países da Europa e do resto do mundo, por parte dos seus representantes máximos eram dadas as suas condolências. O mundo estava em choque, e temiam pelo que a partir deste dia podia vir. Por cada dia que se passava por mais que fosse rigorosa a segurança de cada país, ninguém estava a salvo. Todo o cuidado era pouco. Muitas viagens se membros da Europa tinham sido canceladas. As investigações continuaram dia e noite.

As primeiras pistas deram origem a alguns suspeitos, com ordens que fossem detidos dois possíveis envolvidos neste homicídio. Um professor de química na universidade Livre de Berlim, designada como `` Fu Berlim´´ recentemente convertido ao islamismo, e um ex. segurança do Presidente sido dispensado dos seus serviços no ano anterior por uso abusivo do poder. Era preciso encontrar os autores deste crime e a Alemanha estava a responder a essa exigência. Um país que liderava uma Europa cheia de problemas sociais facilmente arranjava inimigos. Quem liderasse a presidência Alemã, teria um dedo no domínio da Europa. O que muitas vezes não era bem visto por alguns países membros da Europa.

O assassinato do Presidente da Alemanha ditava a subida do vice-presidente capitão Adalwolf a presidente da Alemanha. Tinha sido decretado três dias de luto para um país que se previam grandes mudanças. Os políticos da oposição contestavam a subida de Adalwolf a presidente da Alemanha, exigindo novas eleições.

Mesmo que fossem acordadas novas eleições, Adolwolf teria toda a legitimidade de governação até data dessas novas eleições. Umas eleições não são de um dia para o outro. Tem que haver um período de campanha e reflexão perante o eleitorado, para que no fim o povo possa poder fazer de consciência a sua escolha. Em caso de novas eleições só seria possível ir às urnas novamente após seis meses. Os partidos da oposição teriam que eleger candidatos, e fazer campanha. Até lá Adalwolf era o novo presidente da Alemanha como sempre sonhara. Tinha muitos projetos para a Alemanha, projetos esses que muitas vezes foram ignorados enquanto vice-presidente.

O capitão Adalwolf era agora o novo presidente da Alemanha. Estava agora onde sempre sonhou. Durante anos desenhou este plano na sua mente. Tomar conta da Alemanha e depois da Europa, o seu sonho tornava-se hoje realidade. Mas nem sempre foi assim, nas suas brincadeiras de infância via a Alemanha como um país de miséria e de guerra ao contrário do resto do mundo. Queria seguir os passos do pai, Albert Schoeneberger. Prometia fazer da Alemanha um país melhor, com mais trabalho e menos pobreza. Depois dos seus pais morrerem num desastre de avião em mil novecentos e setenta e cinco quando ainda tinha apenas quinze anos, tudo mudou. Numa das muitas viagens que o seu pai fazia pelo partido deslocando-se a vários países pelo mundo fora, fez-se acompanhar pela esposa e mãe de Adalwolf, Barbara Schoeneberger, uma mãe exemplar e uma mulher bonita e muito inteligente, apesar de fazer questão de se manter discreta, sempre que acompanhava o marido. Tinham ido ao Brasil numa visita, aproveitando a viagem para se encontrar com membros do governo Brasileiro em Brasília. Uma reunião informal com os olhos postos nas próximas eleições e nos avanços da queda do muro de Berlim. A Alemanha tentava encontrar uma solução para a divisão entre a Republica Democrática Alemã e a República Federal Alemã. Uma viagem que terminou em tragédia.

Quando eles faleceram foi para casa do seu avô, um fanático militar Alemão e ditador. Adawolf conheceu, desde muito novo o regime militar, muito antes de lá entrar. O seu avô Franz que o acolheu era muito rígido, não dando margem quase para nada. Não tinha direito de sair com os amigos apesar de escolhidos pelo próprio avô. Mais tarde foi enviado para a academia militar por ordem do avô, quando tinha apenas dezassete anos, uma das instituições de elite na Alemanha. Aceitava a cada ano apenas cento e sessenta novos estudantes, que se tivessem destacado como jovens oficiais, ou familiares de antigos membros da academia. Antes do final do curso muitos eram rejeitados na maioria devido à exigência nos rigorosos exames. Apenas passavam os melhores. Os seus sonhos de criança foram moldados nesses tenros anos. A Alemanha tinha agora um outro significado para ele. Um país que estava sempre em guerra tirou-lhe o que ele mais amava. Quanto mais via, menos gostava e o seu plano de dominar a Alemanha e traçar um futuro diferente começou aí. Fez muito amigos e foi subindo na política até chegar a vice-presidente da Alemanha. Por detrás das suas candidaturas foi mantendo por perto pessoas que o ajudavam a criar o seu projeto. Fazia de conta que precisava muito deles, mas no fundo era apenas um meio para atingir um fim, chegar a presidente da Alemanha. Durante anos acompanhou o partido e manteve-se sempre perto dos líderes como aprendiz.

Ainda não tinha sido enterrado o antigo Presidente da Alemanha e já havia novo presidente. A sede de poder era muito grande. Antes que alguém nomeasse um presidente alternativo, capitão Adalwolf puxou pelos seus galardões. Por mais que alguns apoiantes do partido da oposição fizessem barulho nas televisões e nas ruas, com manifestações, Adalwolf não se deixou intimidar e ia tomando conta das rédeas da governação. Não tinha que aguardar por novas eleições ou simplesmente pôr à disposição a escolha do povo Alemão para eleger um novo presidente.

Adalwolf dizia que estava no poder com legitimidade, era uma escolha do povo e do antigo presidente, quando em vários mandatos foi escolhido como o número dois do governo eleito. Ele era o vice-presidente da Alemanha, e o sucessor direto em caso de o presidente sair. Claro que ninguém estava à espera de um assassinato, e para responder às manifestações Adalwolf respondeu com o exército para as ruas para controlara os ânimos.

Eram dias difíceis que tinha que enfrentar, para contrariar todos os que se opuseram à sua liderança. Os militares e a polícia serviam o governo, mesmo que não concordassem muitas das vezes, com as ordens dadas pelo presidente. Eram feitas muitas detonações de bombas e muitas pessoas tiveram que ser socorridas em hospitais, vitimas destas manifestações, e dos confrontos com a polícia Alemã. Cocktails molotof eram atirados contra viaturas contra o bloco militar, que avançava sobre os manifestantes nas ruas. Era uma resposta rápida por parte dos militares, com balas de borracha e com cassetetes na mão, iam distribuindo pancada por quem encontravam à frente. Quantos mais manifestantes fossem intimidados e detidos, menos havia nas ruas para fazer frente ao novo governo. Capitão Adalwolf era agora o presidente, e um militar muito rigoroso, que tudo ia fazer para impor a sua governação por bem, ou por mal. Um novo vice-presidente foi escolhido por Adalwolf, para o acompanhar na sua governação. Tratava-se de um amigo e colega militar. Capitão Ralfe Vagner, seria não só alguém capaz de comandar as tropas, como os deputados no Palácio. Capitão Ralfe Vagner, lutou durante anos ao lado do presidente da Alemanha. Seria alguém que iria executar cegamente todas as ordens do atual presidente da Alemanha sem contestar.

Capítulo Dezanove

Declaração do Presidente Francês

A sala estava cheia de jornalistas. Na sua maioria de várias televisões francesas, mas dado dos acontecimentos, já se encontravam em Paris vários jornalistas estrangeiros, vindos de quase toda a Europa. Entre eles estavam os jornais mais importantes. Estava implantado um cenário de guerra em defesa de possíveis atentados. As investigações percorriam na procura dos fortuitos culpados das detonações, e responsáveis pelas explosões. Os recentes acontecimentos na Alemanha, anunciavam uma viragem de confiança no mundo.

O Presidente Francês tinha convocado uma conferência de imprensa para as nove da noite. O dia tinha sido de ansiedade e especulações entre o porquê, e a razão daquela explosão. Nunca há razão ou motivo suficiente para um acontecimento desta grandeza.

Sejam elas quais forem as razões, não se pode destabilizar ou punir pessoas certeza de culpa ou indefesas. Muito menos começar a fazer justiça com as próprias mãos, só por não estar de acordo ou descontente com alguma coisa. Existem instituições próprias para o fazer. Não se pode substituir os tribunais, pela justiça pelas próprias mãos.

As televisões já tinham mostrado ao longo do dia, o cenário de guerra e destruição em que se tinha transformado, a avenida dos Campos Elísios.

Não havia números exatos, de quantas pessoas foram atingidas pela explosão nem, de quantas pessoas não tinham sobrevivido aos ferimentos. O silêncio predominava na sala quando as portas laterais esquerdas se abriram. Nesse preciso momento, o Presidente Francês deu entrada na sala de conferências acompanhado pelo chefe das forças Armadas Francesas e um médico dirigiu-se para o palanque de conferências, seguido por alguns membros do governo.

Os fotógrafos começaram por se levantar, para fotografar a sua entrada em sala. Outros ligavam as câmaras de filmar e os gravadores, colocando-os o mais perto do palanque onde ia ser dada a conferência de imprensa. Todas as palavras tinham que ficar registadas. Era um momento importante, que deixou a França em estado de alerta. Esperavam-se medidas duras na procura dos culpados, mas podia haver mais alguma informação sobre o porquê destes atentados. A expectativa e a curiosidade das palavras, do presidente Francês à nação, eram muito grandes.

O presidente Francês tirou do bolso do seu casaco uma folha de papel, e colocou-o calmamente em cima do palanque em madeira. Pousou as mãos, muito devagar uma de cada lado, olhou os presentes, e fez uma pausa. As palavras que trazia escritas naquelas folhas, pareciam difíceis de prenunciar.

-Boa noite. – Começou por dizer o Presidente Francês.

- Preferia que esta presença aqui hoje fosse por uma razão mais alegre. Antes de mais queria apresentar os meus sentimentos aos familiares das vítimas. Queria garantir-vos que tudo faremos para punir os responsáveis desta tragédia. Fizeram derramar sangue onde festejávamos a paz. A festa do catorze de Julho deste ano, ficou manchada por este atentado, que nos abalou a todos, mas não nos derrotou. – Afirmou o Presidente Francês.

Este atentado, era um massacre ao povo Francês, ao qual o Presidente não queria deixar passar impunes os seus responsáveis. Não se tratava de encontrar os culpados, para minimizar a dor. Era preciso apanhar os culpados para que não houvesse um alastramento de destruição. Era preciso apanhar os culpados para se fazer justiça. Estava espelhado no rosto dos jornalistas a reprovação destes atos. As dezenas de pessoas que morreram naquela tarde tinham abalado a segurança da França. Conhecidos pelo enorme rigor na segurança, viam agora esse prestigio fragilizado. Agora era preciso devolver-lhes essa segurança.

- Até este momento foram registados cinco dezenas de vítimas atingidas pela explosão, no qual trinta dezenas perderam a vida de imediato. Uma outra dezena de vítimas perdeu a vida no hospital, ou a caminho dele. Os restantes encontram-se estáveis o que não deverão correr perigo de vida.

Era visível nos rostos dos jornalistas a gravidade da situação. As televisões mostravam para toda a França e resto do mundo a conferência de imprensa.

- Queria felicitar os bombeiros e os hospitais. Que de tudo tem feito para minimizar esta catástrofe, e confortar e apoiar as vítimas da explosão, assim como os seus familiares. Ainda não foi reivindicado o ataque por ninguém, o que para já todas as hipóteses estão em cima da mesa. Mas asseguro-vos que já temos homens no terreno, a analisar todas as provas assim como os vídeos captados nas filmagens que nos foram disponibilizados. – Declarou o Presidente Francês, num tom de voz seco e direto.

Os jornalistas gravavam e registavam cada palavra nos seus blocos de apontamentos. Era preciso arrumar a casa e descobrir os culpados assim como o seu motivo.

Num dia em que se comemorava o dia da liberdade do povo Francês, uma mancha de sangue deste tamanho intimidava qualquer nação, sentido a liberdade e a segurança cada vez mais distante.

- Para isso pedia a quem tivesse qualquer informação sobre estes atentados, que informação fosse transmitida aos nossos serviços policiais, o mais rápido possível. Assim como imagens ou vídeos que estejam em vosso poder. Todas as vossas mais pequenas pistas ajudarão a captar mais rápido os responsáveis por este atentado à nação. – Pedia o Presidente Francês.

As entradas e saídas do território Francês estavam a ser vigiadas. Quer nos aeroportos, ou nas estações de comboios. Tinha sido comunicado para colocar agentes policiais nas entradas e saídas nas antigas fronteiras há muito desmanteladas com a criação da comunidade Europeia.

- Quero assegurar-vos que não descansarei enquanto não puser os responsáveis dos acontecimentos de hoje atrás das grades. – Disse o Presidente Francês.

Notava-se no tom de voz utilizado, pelo Presidente Francês nestas últimas palavras, a vontade de cumprir cada uma das promessas que ali estava a fazer. Um sentimento de revolta gigantesca manifestava-se nas suas palavras.

- Obrigado a todos. – Disse o Presidente Francês.

Dizendo isso o Presidente Francês abandonou a sala. Mesmo com a insistência por parte de vários jornalistas, que lançavam várias perguntas para o ar. Tentavam a todo o custo que saísse da sala, sem responder primeiro a umas perguntas. O presidente Francês não parou para responder a qualquer pergunta. Certamente já haveria mais evoluções, na caça aos autores destes crimes, mas nada foi adiantado para além do apoio as vitimas. Os jornalistas enviavam agora emails, para as redações dos jornais com as últimas notícias.

As televisões finalizavam a conferência de imprensa com o relato dos jornalistas. Paris e o seu povo ainda não podia dormir descansado. Havia ainda muito a dizer, sobre o dia de hoje. O medo estava instalado, ninguém podia garantir, que para além desta explosão mais não estivessem programadas até ao último minuto. Havia ainda o lançamento do fogo-de-artifício, que estava programado para a meia-noite, que deveria ser cancelado para não se transformar num alvo muito fácil para mais um ataque terrorista. O fogo-de-artifício juntava centenas de pessoas nas ruas. Seriam um alvo muito fácil, se os terroristas tivessem mais um ataque planeado. O som das explosões do fogo-de-artifício, acabariam por abafar qualquer explosão idêntica à desta tarde. Seria um desastre. Não havia ainda garantias de que mais ataques como estes não estivessem planeados, e pudessem ocorrer noutros locais. Era preciso encontrar os culpados, para assegurar a segurança e tranquilidade do povo.

Capítulo Vinte

A Troca

Johnny estava a caminho do portão de Brandemburgo. Apanhou um táxi que o levou mesmo à entrada do portão de Brandemburgo, onde tinha marcado com os homens que a raptaram, para trocar o disco por Rute. Quando lá chegou deparou-se com aquele monumento à sua frente. Era um monumento imponente e robusto. Com umas colunas enormes em pedra, designando um guiché em ponto grande. Em cima das colunas em pedra do portão de Brandemburgo tinha uma viga com Irene a Deusa da paz, puxada por quatro cavalos com o seu bastão gravado com uma cruz de ferro no topo deste majestoso portão.

O portão que durante anos dividiu a Alemanha hoje dividia o coração de Johnny. Do outro lado estava Rute e deste lado estava Johnny. Sem saber rasto dela há dias, tentava encontra-la no meio de tanta gente. Rute podia estar do outro lado do portão de Brandemburgo, ou já no interior da praça. Com muitos turistas espalhados, com máquinas fotográficas na mão disparando em todas as direções, levando com eles um bocado de história.

Em cada rosto que passava, Johnny tentava ver Rute. Procurava-a no meio da multidão, analisando cada rosto cuidadosamente, com esperança de a encontrar. Ela era de estrutura média, um pouco magra e cabelos castanhos um pouco comprido, cobrindo os ombros.

Johnny olhava o relógio e o telemóvel. Olhava prudentemente as poucas viaturas que ali perto passavam. Tentava ver alguma viatura suspeita a chegar com Rute. Atento misturava-se com as pessoas no local tentando sempre aproximar-se de mulheres com a estrutura de Rute para ver se seria ela.

O telemóvel que Johnny tinha recuperado, do homem que entrou no quarto de hotel onde Rute tinha ficado, recebia agora uma mensagem.

`` Estaremos junto ao segundo pilar do portão de Brandemburgo´´

Johnny tinha recebido uma mensagem. Era a dizer que já estavam no local para efetuar a troca. Tinha que ter cuidado. Estava no lado esquerdo da praça mesmo em frente ao local combinado. Caminhou e apanhou disfarçadamente uma câmara fotográfica pousada nas escadas por dois turistas abraçados, que levados pela emoção de troca de beijos não se aperceberam do ato.

Avançou com chapéu na cabeça e com máquina fotográfica apontada. Tentava fazer zoom do portão de Brandemburgo, com objetivo de ver os raptores com Rute. Fixava o segundo pilar. Pegou no telemóvel e enviou uma mensagem.

`` Estou a caminho ´´

A objetiva da máquina fotográfica avistou os dois homens que estavam encostados ao segundo pilar do portão Brandemburgo.

`` Onde está Rute? ´´

Enviou Johnny mais uma mensagem. Ao longe no meio dos dois homens, via por fim uma mulher com casaco vermelho e cabelo castanho comprido, parecia ela mas podia também não ser.

`` No portão de Brandemburgo à tua espera como combinado. ´´

Johnny recebeu a mensagem não muito convincente mas sem escolha.

- Ela está mesmo ali. Só tenho que entregar este maldito disco e trazer Rute. – Suspirou Johnny, ao ver Rute tão perto e viva.

`` Já estou perto. Com chapéu preto na cabeça e uma máquina fotográfica na mão. ´´

Enviou Johnny a mensagem. Os dois homens com Rute no meio deles seguravam com firmeza nos seus braços. Ao longe viam o homem definido pela mensagem, de chapéu preto e máquina fotográfica na mão.

- Ali está ele. – Afirmou um dos homens, alertando quem estava ao seu lado.

Tirou uma fotografia na direção deles, ninguém sabia como Johnny era constituído fisicamente. Podia ser qualquer um, apesar das indicações dadas pela mensagem. Rute estava ali e podia identifica-lo facilmente. Os dois homens de olhos postos nele aguardavam a sua aproximação.

- Lá está o espertinho. – Ironizou um dos homens que segurava Rute.

Ele foi avançando passo a passo. Quando estavam mesmo frente a frente e vendo que lhe estava a tirar fotos, saltaram-lhe em cima arrancando-lhe o saco.

- Mas! – Suspirou.

- Dá-me o disco. - Gritou um dos homens.

A mulher que de longe parecia Rute, naquela confusão de empurrões acabou por deixar cair uma peruca. Não era Rute mas uma mulher disfarçada. Devia fazer parte do grupo terrorista.

- Eu não fiz nada. Sou apenas fotógrafo. Pediram-me para entregar este saco, depois de os fotografar.

- Pensas que me enganas. Onde está o disco?

- Estou a dizer a verdade. Um homem veio ter comigo e pagou-me cem euros para os fotografar. Dois homens e uma mulher no segundo pilar do portão de Brandemburgo. Foi apenas o que fiz. Ele disse que se fosse preciso alguma coisa, mandava-me uma mensagem.

- Onde está ele agora?

- Ali em cima junto às escadas. – Apontou o fotógrafo em pânico.

Johnny previu que fosse uma armadilha, tinha dado cem euros a um fotógrafo que ali estava tirando fotos a turistas. Tinha uma pequena bancada no meio da praça, tirava fotos ao monumento e a turistas e revelava-as mesmo ali. Tinha tudo o que precisava para que os turistas em menos de dois minutos tivessem uma fotografia deles, transformadas num postal para mais tarde recordar ou enviarem, para a família ou amigos.

Johnny tinha ficado de longe a observar a troca do saco por Rute. Tinha colocado uma caixa no seu interior com um disco sem nada gravado. Enviaria uma mensagem no caso de detetarem que o disco não tinha nada gravado, pedindo para soltarem Rute com a promessa de que deixava o verdadeiro disco em, cima da bancada do fotógrafo. Os dois homens e a mulher, vendo para onde apontava aquele fotógrafo agora no chão e todo atrapalhado, avistaram o verdadeiro Johnny com uma câmara fotográfica que apontava para eles, vendo o que acontecia.

- Era uma armadilha. Fiz bem em mandar aquele pobre coitado. – Afirmou Johnny.

- Apanhem-no. – Ordenou um dos homens avistando Johnny.

- Johnny não ficou nem mais um minuto ali parado, à espera que lhe dissessem onde estava Rute. Começou a correr o mais rápido que podia. Olhava para trás vendo aqueles homens correndo de forma impiedosa. Iam atropelando e empurrando quem aparecesse pela frente. Corria por entre a multidão o mais rápido que podia. Sabia que tinha que fugir, e nada melhor que fugir para o meio da multidão. Seria necessário criar uma distração ou o caos. Pegou na sua arma e disparou dois tiros para o ar. Os gritos de algumas pessoas que ali estavam fizeram se ouvir, que de imediato começaram a correr em todas as direções sem saber de onde ou para onde iam os tiros.

Johnny continuou a correr até entrar no interior do prédio que ficava do lado esquerdo colado ao portão de Brandemburgo. Os homens perseguiam-no estando cada vez mais próximos, não era fácil despista-los. Johnny corria no interior do prédio pelo corredor, entrando pela primeira porta que lhe apareceu. A sala estava cheia de pessoas pois decorria uma conferência turística sobre a história da Alemanha. De luzes apagadas apenas com umas imagens projetadas na parede e com aquela entrada barulhenta foi o espanto dos dois lados.

- Mas que é isto? – Perguntou o homem que promovia a palestra.

- Peço desculpa. – Desculpou-se Johnny, também ele num sufoco e encurralado.

- Não vê que estamos a meio de uma apresentação.

Não tinha tempo para ficar ali a explicar ou pedir mais desculpas. Fechou a porta à chave. Em seguida pegou numa mesa e empurrou-a contra a porta.

- Dou-vos um conselho. Não abram esta porta. – Afirmou Johnny.

Todos ficaram imóveis vendo o que ele fazia. Os turistas que ali estavam ficaram um pouco assustados, na dúvida sobre se seria alguma encenação ou algum maluco à solta. Por mais que ficassem espantados ninguém se opôs. Até porque Johnny estava com a sua arma na mão.

Dizendo isso Johnny saltou pela janela, que dava ao outro lado do prédio, deixando para trás o Chapéu e o saco que carregava. Misturou-se novamente com os turistas que se questionavam onde estava a origem dos disparos sem ver vítimas. Caminhou dois quarteirões à frente e entrou num café. Sabia que se ficasse na rua muito mais tempo, corria o risco de ser visto. Eles não iam desistir facilmente de andar atrás dele, e não era uma mesa que os ia impedir muito tempo.

Se perdessem o seu rasto acabariam por se ir embora. Pediu uma água e sentou-se na última mesa, ficando o mais longe da entrada do café, mesmo nos fundos. Com a sua arma pronta a ser usada visualizava as fotos, que tinha tirado com calma. Deixaria passar alguns minutos ou horas antes de sair do café. Precisava de descansar um pouco, aquela corrida deixara-o cansado. Depois tinha que repensar num novo plano. Estava novamente na estaca zero. Aqueles homens não tinham a intenção de deixar pontas soltas. Queriam o disco isso era um facto, e arrumar com todos os que soubessem da sua existência, e não havia duvidas nenhumas. Johnny pensava agora onde estaria Rute. Como estaria ela a resistir a estes homens. Não tinha aparecido o que punha em causa se já não estaria morta. A esperança de a encontrar com vida começava a diminuir. Um sentimento de tristeza tomava conta dele. Estava cansado, e ao mesmo tempo preocupado. Onde estaria Rute, e em que condições físicas. Como se estaria ela a aguentar-se à pressão exercida pelos membros desta quadrilha. Ela sabia do disco e do seu conteúdo melhor que ninguém.

Capítulo Vinte e Um

Fuga com o disco

Por mais que os três percorressem as ruas de Berlim, não encontravam Johnny em lado nenhum. Tinha fugido do alcance dos homens que o perseguiam, como uns lobos atrás de um coelho. Ficaram encurralados no edifício ao lado do portão de Brandemburgo.

- Agora que fazemos?

- Não temos muito que fazer. Temos que aguardar que volte a contactar-nos. Ainda temos a jornalista em nosso poder, vai querer recupera-la com vida por isso vai contactar-nos. Desta vez estaremos mais bem preparados.

- Porque não lhe ligamos.

- Temos que ligar primeiro ao lobo. Ele é que vai decidir o que fazer.

- Não vai ficar nada contente quando souber.

- Não temos escolha. Temos que lhe ligar.

Todos tinham medo de falar com o lobo. Conhecido por executar quem lhe atravessasse no caminho. Apesar de nunca o terem visto, corria o boato que era um homem impiedoso e frio. Alguém sem sentimentos. Ter que falar com ele só por telefone já se arrepiavam todos. Nesse mesmo instante o telefone tocou.

- Sim.

- Sim! Já tem o disco?

- Não. Estivemos no portão de Brandemburgo como planeado, mas o homem descobriu o nosso plano e fugiu.

- Fugiu?

- Sim.

- Como?

- Apercebeu-se que a jornalista não estava connosco. Pagou a um fotógrafo para se aproximar e vir em seu lugar.

- E o disco?

- Não estava com o fotógrafo. Ele não o entregou. Apenas o usou para distrair e puder ficar a observar se a jornalista estava connosco. Como não a viu fugiu.

- Três não foram o suficiente, para o apanhar? – Perguntou uma voz aos gritos do outro lado do telefone.

O silêncio fez-se notar.

- Seus incompetentes.

Os gritos do outro lado do telefone mostravam bem o descontentamento do lobo. Tinha ficado irritadíssimo. Não era preciso estar ao telefone para ouvir a conversa, mesmo quem estava afastado ouvia.

- Ainda fomos atrás dele, mas consegui despistar-nos. – Explicou um dos homens desculpando-se do erro cometido. Eles não contavam, com alguém tão inteligente do outro lado.

- Tentem usar o GPRS colocado no telemóvel para localizar o telefone.

- Já tentamos, mas assim que deixou o portão de Brandemburgo desligou o telefone. Possivelmente sabia que o iríamos fazer e desligou de imediato o telefone.

- Estamos de mãos atadas.

- Temos a jornalista.

- De que nos serve a jornalista. Não sabemos quem ele é, nem o que pretende. Pode vender o disco a qualquer um. Pode vende-lo na Internet. Se o fizer põe em causa todo o plano. Todos ficariam a conhecer as nossas intenções. Temos que encontrá-lo, custe o que custar. – Ordenou o lobo do outro lado. O homem que segurava o telemóvel nem teve coragem de responder, ou explicar mais nada. As suas ordens tinham sido claras.

- Fiquem atentos e continuem a procura-lo. Desta vez não quero desculpas.

Dizendo isso desligou o telemóvel. Era visível a mistura de sentimentos na cara daquele homem. O alívio por ter desligado o telemóvel, mas a responsabilidade que pairava sobre os ombros era enorme. Tinham que encontrar Johnny.

- Que disse o homem? – Perguntou o seu colega.

- O lobo quer que continuemos a procura-lo. Disse que desta vez não queria desculpas.

- Onde vamos procura-lo?

- Vamos ter que continuar a andar de rua em rua à procura dele. É bom que o encontremos. O lobo não estava nada contente, ainda sobra para nós.

- Não vai ser fácil. A esta hora já deve estar longe.

- Vamos. Não temos escolha. Ordens são ordens.

Entraram num jipe preto, andavam de rua em rua atentamente inspecionando todos os cantos. Passavam a pente fino as ruas de Berlim, tinham que encontrar Johnny o mais rápido possível. Iam olhando o GPRS, para o caso de

Johnny ativar o telemóvel. Com o dispositivo GPRS ativado seria fácil encontra-lo caso ligasse o telemóvel. Quando o fizesse, com intuito de marcar novo encontro para a troca de Rute pelo disco, ou pedir mais dinheiro pela troca, eles estariam por perto. Mesmo que não estivesse perto, depressa iriam ao seu encontro. Sabiam que mais cedo ou mais tarde ele o iria fazer. Eles tinham interesse no disco, mas Johnny já tinha mostrado interesse em levar com ele a jornalista. A troca interessava aos dois lados. A procura ia apenas ocupar o tempo na esperança que Johnny ligasse rápido.

Capítulo Vinte e Dois

O Poder das Televisões

Johnny tinha falhado com o seu plano. A sua jogada de utilizar o disco como moeda de troca de Rute tinha corrido mal. Perante as ameaças de que se não entregasse o disco até ao meio dia, matariam Rute deixava-o sem margem de manobra para um novo plano. Estava obrigado a tomar decisões muito rápido, o relógio agora era o seu inimigo.

- Tenho que arranjar uma forma de a encontrar e de a libertar. Afirmou Johnny.

Pegou no carro que tinha alugado quando chegou a Berlim e voltou para o hotel Internacional de Steglitz, sabia que a melhor defesa era o ataque. Tinha aprendido isso nos jogos de xadrez que fazia. Era um bom passatempo, e ao mesmo tempo uma paixão que lhe dava imenso prazer.

Para Johnny as pedras do xadrez eram como soldados em campo de batalha. Ia mexendo as pedras defendendo sempre a identidade máxima o rei. Inscrevia-se em torneios online, jogando contra adversários de todo o mundo. Tinha jogos que duravam horas, e às vezes dias. Combinavam horas para retomar o jogo mesmo para quem estava fora do país, com a barreira do fuso horário, era uma questão de acertar o relógio. E traçar prioridades.

Ninguém queria perder uma partida. O xadrez é um jogo muito admirado na Inglaterra. Visto por muitos como um jogo de estratégia, em tempos utilizados pelos Gregos, que utilizavam o tabuleiro de xadrez para ensinar as suas tropas, estratégias de combate para alcançar vitórias nas suas batalhas.

Era necessário muita concentração, uma pedra mal mexida e ditava a derrota, o fracasso.

Johnny estava numa posição idêntica, não podia fazer mais nenhuma má jogada. Resolveu voltar ao hotel, para tentar arranjar uma forma de encontrar Rute. Quando já não se sabe o que fazer, é melhor dar um passo atrás e recomeçar de novo. Tinha agora que voltar ao ponto de partida, ao hotel internacional de Steglitz, onde tudo teria começado.

Entrou no hotel em direção à receção, foi quando avistou Alese a tocar o piano. Ficava do lado esquerdo da receção, mesmo na entrada do hotel. Alese estava a tocar suavemente umas teclas. Algumas vezes a pedido do gerente do hotel, tocava umas músicas para os hóspedes. Não fazia parte das suas funções dentro do hotel, mas era um complemento, que lhe agradava muito fazê-lo.

Não fazia parte das suas funções do hotel, mas tinha esse gosto e dom pela música. Tinha feito parte da academia de música Hanns Eisler em Berlim. Um dia foi obrigada a abandonar academia, o dinheiro não dava para tudo, foi quando resolveu começar a trabalhar.

- Não sabia que tocavas piano. – Interrompeu Johnny.

- Também não podes saber tudo, em tão pouco tempo. – Concluiu Alese

- Isso também é verdade. Por vezes demoramos uma vida até conhecermos bem uma pessoa. Quando pensamos que já a conhecemos bem, acabamos ainda surpreendidos.

- É uma paixão antiga. Quando pedido pelo gerente, toco algumas vezes para os hóspedes.

- Tocas muito bem. – Afirmou Johnny anestesiado pelo som da música.

- Obrigado. Sempre é melhor que servir bebidas, e levar com alguns bêbados. Dizendo disparates durante horas. A música leva-nos a mundo só nosso. È um mundo não só criado para quem a toca como para quem a ouve.

- Ainda vais continuar a tocar? Perguntou Johnny.

- Não. Por hoje já acabei. Apenas uma pequena sessão. Se reparares esta é a hora que os nossos hóspedes costumam ir-se embora. Assim levam com eles uma recordação do bom ambiente que este hotel tem. – Explicou Alese.

Johnny não sabia se podia confiar em Alese, mas tinha sentido simpatia por ela logo no primeiro contacto no bar. Não costumava enganar-se sobre uma pessoa depois do primeiro contacto. Precisava falar com ela sobre o que se estava a passar. Talvez assim ela o pudesse ajudar.

- Preciso falar contigo em privado. – Sugeriu Johnny.

- Podemos falar daqui a cinco minutos. Já acabei o meu turno, apenas preciso deixar umas coisas no meu cacifo e trocar a minha farda. – Concluiu Alese.

- Vou Aguar naquele sofá da entrada. Estarei lá sentado à tua espera. – Concordou Johnny.

Enquanto Alese abandonava a entrada em direção ao seu cacifo, Johnny sentou-se no sofá, que se encontrava na entrada do hotel. Observava os quadros expostos na parede, com imagens antigas de Berlim. Os quadros mostravam o antes e o depois da II guerra mundial, com o muro a dividir os dois lados da Alemanha. Cada minuto que passava parecia uma eternidade. Ela estava a olhar para o relógio, contando os minutos de espera, quando avistou dois homens com um ar suspeito. Tinham vindo à sua procura. Pensava ele assim que os avistou. Bem constituídos fisicamente com óculos escuros e de fato. Estavam armados, notando-se uma arma debaixo dos seus casacos. Johnny pegou no jornal, que estava em cima da mesa, mesmo em frente aos seus pés e colocou-o à frente da cara como se estivesse a lê-lo.

Um deles subiu as escadas, que dava acesso aos quartos. O outro ficou ali mesmo, na entrada em frente às portas do elevador, que dava acesso à saída do hotel. Definitivamente estavam à procura de alguma coisa ou de Johnny. Enquanto um vasculhava o hotel, o outro controlava a entrada e saída dos hóspedes.

Por mais que quisesse sair dali, teria que passar obrigatoriamente por eles. Chamar a polícia era piorar ainda mais a situação. Podia ter que ficar retido algumas horas, para prestar declarações, e não podia perder mais tempo. Levantou-se e entrou na primeira porta que dizia.

`` Só acesso a pessoa autorizado.´´

Johnny não prestou atenção ao que estava escrito e entrou por essa porta mesmo. Desceu umas escadas e começou a caminhar por um corredor em passo acelerado. Resolveu abrir a primeira porta que encontrou fugindo do circuito mais visível. –

- Ei. – Disse Alese espantada com a presença de Johnny ali.

Johnny tinha acabado de entrar sem saber, no vestuário dos funcionários. Alese estava a trocar de roupa. Já tinha tirado a saia e a blusa que fazia parte da farda. Estava agora apenas com umas calças de ganga azuis e um sutiã branco. Johnny bloqueou, não o fizera de propósito mas isso Alese não sabia. Estavam frente a frente, e notava a beleza dela. Reconhecia com os seus próprios olhos como a mudança de roupa tinha transformado Alese numa outra mulher. Parecia mais jovem e descontraída.

- Não podes entrar aqui. – Gritou Alese, pouco contente por ser apanhada com as calças na mão, enquanto se vestia.

- Desculpa. Tens que me ajudar. Preciso muito da tua ajuda. – Desculpou-se Johnny.

- Agora andas a seguir-me? És um daqueles tarados que se mete com as empregadas de hotel? Que pensam que elas estão ao seu dispor para tudo. - Perguntou Alese, um pouco revoltada com algumas atitudes que sofria pontualmente com alguns clientes do hotel.

- Nada disso. Estão lá em cima dois homens à minha procura. Apenas entrei na primeira porta que encontrei. Nunca pensei que aqui estivesses. Apenas quis esconder-me. – Explicou Johnny.

- Preciso deste trabalho, mas não estou à disposição dos hóspedes, satisfazendo os seus caprichos. Posso chamar a segurança. – Afirmou Alese.

- Escuta, apenas preciso que me ajudes a sair daqui. Se não quiseres tudo bem, tento desenrascar -me. Estão dois homens na receção do hotel que andam atrás de mim. Querem algo que tenho em meu poder. Se me agarram, tenho a plena certeza que me matam. Presumo que façam parte do mesmo grupo que matou o jornalista neste hotel. È uma historia muito comprida para a termos agora. – Concluiu Johnny.

- Se queres a minha ajuda, vira-te. Acabou o espetáculo. Quero vestir-me. – Retorquiu Alese, ainda um pouco zangada.

Johnny virou-se, não tinha entrado ali atrás de Alese. Por segundos nem pensou mais nela, nem no que tinham combinado quando ficou à sua espera, quando apareceram aqueles homens à sua procura só pensou em fugir. O disco não podia cair nas mãos deles, sem ter a certeza que Rute estava em segurança.

De onde estava mesmo de costas, conseguia ver Alese vestir-se no reflexo do vidro de uma janela. Já tinha reparado na beleza de dela, mas ali as suas formas sobressaiam melhor sem roupa. Alese pegou numa camisola cinzenta de alças, bem justinha e vestiu-a. Sem aquele traje de empregada de bar, era sem dúvida outra mulher. Por segundos, Johnny consegui deixar de pensar nos dois homens que vasculhavam todo o hotel à sua procura. À dois dias que não dormia, e aquela imagem de Alese faziam-no perder-se por minutos no tempo.

- Podes virar-te, já estou vestida agora. Andas a fugir de quem? – Perguntou Alese.

- Não sei quem são, mas querem uma coisa que tenho em meu puder. – Afirmou Johnny.

- O que é de tão importante, que tens em teu poder? – Perguntou Alese.

- Um disco. – Respondeu Johnny, apontando para o seu bolso.

- O que tem esse disco de tão importante? – Perguntou Alese.

- Também não sei muito bem, é tudo um pouco confuso. A jornalista que está desaparecida, é minha namorada. Ela deixou-me este disco da última vez que estivemos juntos em Portugal.

- Estás a brincar. – Respondeu Alese, agora confusa.

- Não. É a mais pura verdade. Vim para Berlim à procura dela. Uma loucura da minha parte, sem saber no que me estava a meter. Nunca pensei que o seu desaparecimento tivesse a ver com algo tão complexo e inexplicável. Agora andam atrás de mim. É muito longo para explicar tudo agora, mas quero que entendas. Não tenho muito mais tempo nem mais ninguém a quem recorrer. Estou sozinho.

- Agora começo a entender porque viestes aqui ter.

- Depois de cá chegar e entrar no quarto dela, deparei-me com um destes homens que chegou depois de mim. Ainda marquei um encontro para trocar o disco por Rute, mas não correu bem. Agora tenho que sair daqui, antes que me encontrem. – Afirmou Johnny.

- O que pretendes fazer agora? – Perguntou Alese.

- Primeiro tenho que sair daqui, o que não vai ser fácil. Já que estão na entrada do hotel. Quem sabe também pelo resto do hotel também.

- Alguém te viu entrar aqui.

- Não, quero dizer. Penso eu que não. – Anuiu Johnny.

- Então segue-me. Vamos sair daqui. – Ordenou Alese, apontando para o caminho a seguir.

Alese ia à frente indicando o caminho até ao parque de estacionamento do hotel. No parque estava estacionado o seu carro. Johnny entrou para o banco de trás, escondendo-se. Alese conduziu até à barreira da saída do parque do hotel, de forma calma para não chamar a atenção de ninguém.

Colocou o cartão de funcionário na ranhura, que logo abriu a barreira de segurança.

- Agora esconde-te bem. – Sugeriu Alese, arrancando.

Arrancaram parque fora. Antes de entrar na estrada parou no passeio, olhando para um lado e para o outro. Lá estava uma viatura na porta do hotel, um pouco suspeita, e correspondendo à discrição de que Johnny tinha dado. Muito perto da viatura estava um homem vigiando a entrada. Johnny não a tinha aldrabado, pensava Alese.

Arrancou, naturalmente, misturando-se com o trânsito que circulava na estrada, e passado alguns minutos já estava fora do alcance do hotel.

- Já podes sair. – Afirmou Alese, já mais descontraída e longe do hotel.

Johnny levantou-se do chão do carro, e passou para o banco da frente.

- Já me doía os joelhos. – Queixou-se Johnny, esfregando os joelhos.

- É um carro pequeno, logo o espaço não é muito, mas serve para mim. Ando na maioria das vezes sozinha. Agora conta-me o que pretendes fazer. – Disse Alese.

- Ainda não sei bem. Não tenho muito tempo para pensar. Tenho que fazer alguma coisa. Já não sei se Rute está viva, e se está por quanto mais tempo estará! Para já preciso de um computador. Quero que me ajudes a analisar um pouco mais do conteúdo do disco.

- Vamos para minha casa. – Sugeriu Alese.

Alese morava no terceiro andar do prédio 197 da rua Rochstrabe. Tinha um aspeto um pouco degradado. Mas o dinheiro que ganhava não dava para tudo. O pai falecera quando era ainda pequena. A sua mãe tinha casado uma segunda vez. O entendimento com o padrasto não era dos melhores. Resolveu sair de casa para viver a sua própria vida. Assim não teria que assistir às discussões entre os dois. Lamentava o facto de a mãe não ter tido coragem de o deixar, ficando sujeita a sessões de pancada, quando ele chegava a casa, bêbado. No dia seguinte pedia perdão pelos seus atos, mas uns dias depois tudo voltava ao mesmo. A sua mãe dizia que ele não fazia por mal, era o álcool. Ela aceitou até não aguentar mais, assistir a tanta discussão.

Teve que abandonar o sonho de uma carreira na área musical. Tinha em casa um pequeno órgão onde treinava e escrevia algumas músicas. O sonho estava agora guardado numa gaveta, mas não esquecido. Os vizinhos gostavam quando ela estava em casa. Muitas vezes desligavam a televisão e vinham para a varanda ouvi-la tocar. Fazia-se silêncio em todo o prédio enquanto tocava. Apercebia-se apenas das palmas no final de cada música. Era um momento de grande satisfação, ficando apenas saboreado aqueles segundos de paz.

Os dois subiram as escadas até ao terceiro andar.

- Chegamos. – Disse Alese abrindo a porta de entrada.

O seu apartamento era pequeno. Uma sala que servia também de quarto, com um balcão no meio do apartamento que dividia a sala da cozinha. Tinha no canto da sala o seu piano mesmo em frente à janela. Quando tocava abria a janela para a suas músicas voarem para longe. Ali era para já o seu palco.

Retirou o seu computador de dentro da de uma bolsa que estava debaixo do sofá. Não era comum, mas escondia o computador de possíveis assaltos. Tinha as músicas todas gravadas no seu computador, se o perdia, era como deitar fora dois anos da sua vida, dedicadas aquelas músicas.

- Aqui tens o computador. – Afirmou Alese, entregando o computador.

- Obrigado.

Johnny esperou que o computador se ligasse. Depois tirou o mini-disco, que estava escondido no relógio, onde Rute o deixara.

- Este é o disco.

- É bastante pequeno. – Retorquiu Alese admirada com o tamanho do disco,

- Sim. Vou precisar de um adaptador para ler o seu conteúdo. Espero que tenhas um? – Perguntou Johnny.

- Andas com sorte. Tenho um cá em casa. Utilizo-o muito para converter musica. – Explicou Alese.

Alese abriu uma gaveta, de um armário castanho encostado ao muro, e retirou um pequeno leitor de mini-discos. Em menos de alguns segundos já estava ligado ao computador. Johnny inseriu o disco, que de imediato começou a transmitir os seus ficheiros para o computador.

- Dá uma olhadela. Diz-me o que achas. Se é entendes alguma coisa do que ai está. Para mim parece mais uma mensagem, em forma de números.

Alese olhava atentamente.

- É tudo muito estranho. – Afirmou Alese, tentando perceber o que via.

- Porquê? – Perguntou Johnny.

- Do que eu entendo, são gráficos e mapas de países da Europa. Como se alguém estivesse a planear a conquista da Europa.

- Sim, essa foi a conclusão que cheguei. O que parece esquisito. Em cima de cada país tem uma data. Uma delas coincide com a data do 14 de Julho em França, onde aconteceu um atentado. Pode até nem ter nada a ver, mas é muita coincidência. As empresas ai mencionadas, têm a ver com algumas das maiores empresas da Europa. Na sua maioria sofrem com esta crise, tendo algumas até sido vendidas e desmanteladas. Alguém quer tomar conta da Europa. Só pode... Pode ser o primeiro passo para lutar financeiramente contra o resto do mundo. Se dominarem financeiramente a Europa tudo fica mais fácil. Rute estava a fazer algumas entrevistas sobre este disco, para poder transmitir uma reportagem sobre os dias de hoje, e acabou raptada. Alguém quer manter em segredo o que ela descobriu. Não tinha muito o hábito, de falar dos seus projetos sem estarem concluídos. – Explicou Johnny.

Alese escutava tudo o que Johnny dizia. O que ouvia parecia um plano muito diabólico para se poder acreditar. Parecia uma luta constante entre o bem e o mal. Uns lutam pelo Paraíso na terra, enquanto outros atingidos por um raio infernal, arquitetam a guerra. Alguém tinha descoberto a fraqueza de alguns países para os derrotar fora do campo de batalha. A sua fraqueza financeira é muito bem conhecida. Quanto mais os países precisassem de ser recapitalizados, mais frágil ao domínio deste plano ficavam.

- O que eu entendo, é que a Alemanha vai enriquecendo, com a fragilidade constante dos restantes países membros. Produz e vende cada vez mais, depois enriquece ainda mais. Ao tornarmo-nos membros ficamos sujeitos às regras deles. Certo?

- Sim. Certo.

- A partir dai, com os países mais fragilizados vão precisando de dinheiro para fazer uma nação funcionar. Entre muitas hipóteses possíveis vão arranjando dinheiro como podem. Socorrem a operações de venda pública de parte de empresas que pertencem ao país. Vão tapando um buraco fazendo outro. O problema neste momento fica resolvido, o país fica com dinheiro, mas com menos património. Tudo se define numa questão de tempo. O problema é que temos andado distraídos, este cenário já se repete à mais de uma década. O que quer dizer que já podem ter comprado muita coisa às escondidas do mundo. Não sabemos quantos acordos nas costas do povo foram assinados. Quando tudo se vier a descobrir, será o início da III guerra mundial, e impossível de contornar.

- Não pode ser verdade?- Interrogou Alese, não se conformando.

- Acredita. Está tudo aí.

- Não pode ser. É diabólico demais para ser verdade. – Afirmou Alese, não querendo acreditar no que Johnny lhe explicava.

- Imagina que tens razão. Que nada disto é verdade. Como explicas o que ai está? Como explicas o que está a acontecer? Porque raptaram Rute e mataram Óscar. Porque andam então atrás de mim? Até à três dias se aparecesse morto numa rua ninguém quereria saber quem eu era. Agora tenho, não sei quem atrás de mim ou deste disco. Vivemos num mundo onde os direitos se reclamam nos tribunais, não nas ruas com armas na mão. Se o que está não fosse uma simples teoria da conspiração, seriam acionados meios legais para o reclamar. Não chegaríamos ao ponto de raptar uma jornalista e matar um outro, enquanto faziam o seu trabalho. Quantas pessoas já terão morrido, inocentemente para silenciar este plano.

- Continuas a correr perigo até te livrares desse disco.

- Sim. Tudo porque não querem, que descubram o seu plano. Querem continuar a comprar, as maiores empresas ao desbarato, pela Europa fora. Assim ficam a comandar a economia. Nada garante que dupliquem estas compras para mandarem em toda a Europa. Em seguida ficamos sujeitos às regras que implantarem. Podem trocar a moeda assim que bem entender, e quem sabe até mesmo a bandeira. – Retorquiu Johnny, revoltado e preso naquele quarto de Alese sem saber o que fazer.

- Podemos sempre não aceitar as regras impostas. Lutando contra eles, com as armas que temos.

- Como? – Perguntou Johnny.

- Nas ruas.

- Não sabemos quem está por detrás deste plano diabólico. Serão capazes de matar quem se opuser, chegamos a um extremo. Quando os primeiros começarem a cair para o chão, ou a desaparecerem como Rute, a coragem diminuirá. – Explicou Johnny.

- Podemos divulgar o disco. Assim que todos no mundo souberem da existência do plano, irão se unir para os derrubar, tomando medidas de defesa. – Afirmou Alese, arregalando os olhos, mostrando que podia fazer frente a um exército sem haver baixas.

- A divulgação do disco pode ser um impedimento. Depois de verem o disco vão surgir desmentidos. Acabaremos por não conseguir provar nada. – Afirmou Johnny pouco convencido, com a estratégia de Alese.

- Pode haver desmentidos. Mas ficam prevenidos para possíveis ataques financeiros às empresas. Porém se não atuarmos agora, quando se descobrirem tudo o que estão planeando para a Europa, já não teremos nada com que lutar.

- Será o início da III guerra mundial, e o fim da Europa. – Anuiu Alese.

- Aquela carta em árabe, pode explicar muita coisa. Podem ter-se aproveitado da grande quantidade de grupos extremistas no mundo, contratando-os para atacar alguns Países. Seria uma maneira fácil de nunca serem descobertos. Ameaças destas aparecem todos os dias. Alguém se aproveitou dessa enorme vontade, financiando estes ataques.

- Não chegaríamos a tal ponto. Seria maligno e egoísta demais. O ser humano não pode funcionar de forma tão egoísta. – Disse Alese.

- Pelo contrário. Seria mais fácil. Persuadiriam o resto do mundo que o melhor era combate-los. Nada melhor que nos unir ainda mais a eles. Enquanto os Países focassem as suas intenções no combate, a estes tipos de terrorismo contratados quem sabe, por homens do governo Alemão para governar a Europa. Ficariam mais a vontade para os enfraquecer. Quando estivessem enfraquecidos, compravam património ao desbarato. Quando se apercebessem seria tarde, não eram mais donos de nada. Teriam vendido tudo, financiando uma guerra à procura da paz.

- Isso seria o início de uma revolução.

- Uma revolução ou uma guerra.

- Está tudo louco. Só pode. – Afirmou Alese.

- Sim. Cada vez mais assistimos a uma loucura cega na conquista do poder.

- Que fazemos. – Anuiu Alese.

- Não sei. Agora que sabem que tenho o disco, vão continuar a andar atrás de mim. Só vão descansar quando me encontrarem. – Concluiu Johnny.

- Se te encontrarem vais ter o mesmo destino, que teve o outro jornalista que acompanhava Rute. – Retorquiu Alese, prevendo o que poderia acontecer.

- Eu sei, por isso tinha marcado um encontro com essa gente para fazer uma troca. Rute pelo disco, mas não correu como planeado. Rute não apareceu, apenas alguns homens disparando contra mim. Com sorte consegui fugir. Não entendo como velozmente chegaram ao hotel à minha procura.

- Isso quer dizer que sabem que tens o disco, e que tudo vão fazer para te apanhar e destruir o disco. Assim podem continuar com o plano. Sem que ninguém se aperceba do que está a acontecer. – Concluiu Alese.

- É possível. Eu não posso fazer nada, nem confiar em ninguém. Se for à polícia, posso acabar preso por conspiração. Eles devem ter gente em todo o lado, para o caso de algo correr mal. Não sei quem está envolvido, nem em que escala foi pintado. Se todo este esforço fosse o suficiente para salvar Rute, já valeria a pena, correr qualquer risco. – Disse Johnny.

- Sabes Johnny, Rute pode até já estar morta. Talvez por isso não tenha aparecido. Podem tê-la torturado até à morte. Talvez tenha confessado que eras tu que tinhas o disco. Se for verdade não há lugar onde te possas esconder, vão continuar à tua procura toda a vida. Irás andar fugido até quando?

Johnny estava sentado no sofá ao lado de Alese desmoralizado, ainda sentiu a mão dela passando pelas costas reconfortando-o. Johnny rapidamente se pôs a pé passando-lhe o computador para o colo. Sabia que Alese podia estar correta, mas não se queria conformar com aquele desfecho. Já havia dois dias que não ouvia a voz de Rute, tudo à sua volta começava a ruir-se.

- Ela está viva. Eu sei que ela está viva. Eu sinto-o, tenho que a encontrar. Aconteça o que acontecer, não abandonarei a procura até a encontrar.

Alese via a paixão de Johnny nas suas palavras. Sentia que aquele amor por ela, dava para atravessar um campo de batalha, se tivesse que ser. Não adiantava dizer que podia Rute estar morta, Johnny não ia descansar até a encontrar diante dele. Viva ou morta. Tinha que viver esse momento por mais que lhe custasse. Só iria descansar depois de a ver com os seus próprios olhos. Talvez depois pudesse seguir em frente, quem sabe para fazer o seu luto em paz.

- É bonito o que dizes com paixão, explica o tempo que dedicas à procura dela. Esse sentimento é o teu desejo a falar mais alto, na esperança de a encontrar ainda com vida. – Afirmou Alese.

- Não posso perde-la, ela é muito importante para mim.

- Tens que jogar a ultima cartada. Pode ser a única solução. – Explicou Alese.

- Qual cartada?

- Tens que divulgar o conteúdo deste disco. Era o que Rute queria e planeava fazer. Apenas foi raptada em antes, de poder mostrar ao mundo este plano diabólico.

- É muito arriscado. Posso matar Rute com essa nossa decisão.

- Ela pode já ter morrido, assim não terá morrido em vão. Podes estar a salvar outras vidas que se irão opor a este plano. Por outro lado, se o conteúdo deste disco for verdade, haverá uma maior perseguição a estes líderes. Será desde já uma vitória. – Explicou Alese, convencendo Johnny que era o melhor caminho a seguir.

- Como se divulga um disco desta natureza, com a certeza que pode chegar à pessoa certa? – Perguntou Johnny.

- Podemos divulga-lo na Internet. Em alguns blogues e nas redes sociais. – Explicou Alese.

- Pode não ser suficientemente eficaz. Levaria dias ou semanas até que alguém lesse esses blogues. Até lá não estarei seguro em lado nenhum. – Concluiu Johnny.

- A Rute era jornalista. Ela devia ter alguém onde trabalhava em quem pudesse confiar. Basta fazer chegar à pessoa certa o disco e convence-la a divulgar na televisão. Se passar nas televisões irá ser visto por milhares de pessoas. Pode ser colocado na Internet., terá um impacto imediato. As pessoas vão comentar umas com as outras. Será como um vírus, que depressa se espalhara pelas pessoas. – Retorquiu Alese.

- Vou ligar para Cristina. Ela é uma amiga em comum que trabalha na televisão independente com Rute. Pode conseguir transmitir o conteúdo do disco a qualquer hora e fazer chegar a todo o mundo. – Concordou Johnny.

- É uma boa ideia. Posso também mandar para um amigo que escreve num jornal aqui em Berlim, e publicar em um ou dois blogues. Quando começarem a fazer a divulgação e encontrarem o conteúdo nos jornais e blogues, irão dar maior atenção. Irão se questionar entre a verdade e a mentira. Quem tiver em seu poder a jornalista vai querer libertar. – Concordou Alese, começando a fazer os primeiros registos na Internet.

Johnny pegou de imediato no telemóvel e ligou para Cristina. Não tinha pensado nisso, nem mesmo se seria boa ideia. Já não havia tempo a perder, Alese tinha sido um diamante encontrado em Berlim. Tinha-o ajudado a encontrar uma solução para trazer Rute até si. Mesmo que fosse já sem vida.

- Sim. – Respondeu Cristina logo a seguir ao primeiro toque.

- Cristina. Preciso que me escutes com muita atenção. Tenho algo muito importante a comunicar-te.

- Johnny onde estás? – Perguntou Cristina do outro lado.

- Estou em Berlim.

- Já tens notícias de Rute?

- Ainda não a encontrei. Apenas encontrei o motivo por que ela desapareceu. Mas não tenho tempo para explicar muito mais. Vou enviar-te uma informação muito importante agora mesmo por correio eletrónico, o conteúdo de um disco deixado por Rute. Quero que o vejas e que o divulgues na vossa televisão, o mais rápido possível. Pode ser a única forma de eu encontrar Rute com vida. Assim que o seu conteúdo for divulgado, talvez soltem Rute.

- Mas o que tem esse disco?

- É melhor seres tu a vê-lo quando aí chegar. Esta a ser transmitido agora mesmo para vários blogues na Internet. Seria importante apressarem para serem os primeiros. Terás o exclusivo que Rute tanto andava a trabalhar. Onde Óscar perdeu a vida e quem sabe Rute também.

- Assim farei. Manda-o.

- Não te esqueças de mencionar o nome de Rute e do Óscar.

- Fica descansado. – Anuiu Cristina.

Johnny desligou o telefone, com uma lágrima no canto do olho. Falar de Rute como uma possibilidade de estar morta, dava-lhe um aperto no coração. Alese enviou o conteúdo do disco por correio eletrónico para Cristina e colocou o conteúdo em mais um blogue. Já tinha mandado tudo para o contacto de um amigo no jornal Berliner Morgenpost. De seguida ligou-lhe para o alertar do envio do email, explicando o que estava envolvido.

Agora era deixar que todos vissem o conteúdo do disco a ser transmitido. As televisões tinham um poder muito grande no passar da informação, ligados à Internet. e redes sociais, faziam chegar qualquer informação de última hora de um lado mundo ao outro lado do mundo em minutos. Era o dinamismo da era digital. Muitos eram os que tinham os seus telemóveis e computadores associados a alguns sites de informação de última hora. Sempre que havia uma notícia, de última hora, eram automaticamente alertados. Ficavam prevenidos para possíveis terremotos, tempestades ou uma bomba colocada em algum centro comercial. A notícia era recebida quase de forma instantânea, bem antes de explodir.

Capítulo Vinte e Três

Europa em Guerra

Amanheceu calmamente a cidade de Berlim, sentia-se o acordar de uma cidade superlotada de pessoas. Os transportes transitavam nas estradas de Berlim levando pessoas para vários pontos da Cidade, uma corrida diária para chegar aos seus locais de trabalho. O olhar frio dos seus habitantes, espelhavam o que era não ter muito, para manter as suas vidas presas numa rotina de trabalho. Os boatos das notícias transmitidas na Internet., e em alguns canais televisivos, começavam a gerar algum ruído nos cafés.

Os cafés enchiam-se para os pequenos-almoços habituais, e o cheiro do café e do pão torrado acordava quem por ali passava.

Johnny assistia pela televisão Alemã, às notícias difundidas. Davam conta das transmissões do conteúdo do disco, enviado por ele para a televisão independente. A transmissão deste conteúdo nas televisões contaminou o povo Europeu, que se mobilizou de imediato para as ruas protestando. A angústia vivia dentro das pessoas à muito, com um interior polvoroso, foi preciso apenas um fosforo para fazer explodir tudo cá para fora. Cristina aparecia no centro das ruas fazendo uma análise da revolta do povo. Tentava captar imagens de um povo em cólera, aos gritos nas ruas.

- Espero que tenha valido a pena. Talvez alguns preferissem continuar a ser enganados, e dessa forma, continuar viver com passar dos dias. – Desabafou Johnny.

Espreitou pela janela do apartamento de Alese. Foi quando ouviu a primeira explosão. Pessoas saíam à rua revoltadas com as informações que as televisões mostravam.

Pediam a todo o custo demissão do governo. O povo lutava contra os militares Alemães destacados nas ruas para evitar que se apoderassem de edifícios governamentais.

Com pedras e armas, disparavam sem piedade contra as montras e os carros por onde passavam. Disparavam sobre as colunas militares que bloqueavam as ruas. As ruas estavam cheias de viaturas, que a todo o custo iam tentando abandonar a cidade. Era uma fuga à violência e ao caos instalado. Alguns misturados no meio do povo, pertencentes ao governo, tentavam agora abandonar a cidade, refugiando-se destes confrontos.

As pessoas revoltadas não mediam o que faziam, movidas pelo ódio e frustração acumulada, incendiavam viaturas, partiam montras e pilhavam tudo o que nelas continha. Algumas pessoas que estavam no meio destas multidões, nem estavam ali para protestar, mas sim para pilhar o que ficava vulnerável. Tentavam agora passar a barreira militar que protegia o perímetro do Palácio de Reichstag. Militares montados a cavalo, eram agredidos com paus. Iam em seu auxílio outros militares em coluna, com armas e com balas de borracha, que disparavam para afastar as pessoas. As pessoas destruíam tudo o que encontravam, nem mesmo os sinais de sinalização automática escapavam. Com ferros derrubavam com pancada atrás de pancada as luzes até caírem ao chão. O grau de violência aumentava a olhos vistos.

Em algumas viaturas, eram partidos os vidros e eram violados os direitos patrióticos. Uns de cada lado das viaturas, erguendo os músculos iam levantando-as quase no ar, deslocando-os para o meio das ruas. Em seguida incendiavam-nas, empurrando-as em chamas contra colunas militares.

Alguns militares eram cercados por pessoas que lhes arrancavam as armas. No meio de tanta gente restavam-lhes fugir ou esperar por ajuda que não tardou a chegar.

Os disparos foram inevitáveis, por mais que tivessem razão para se revoltarem, havia um governo e um líder que tentava manter a ordem nas ruas. O cenário era de guerra, as pessoas lutavam com tudo o que tinham, desde pedras, paus, ferros e algumas armas. A bandeira da Europa em conjunto com a bandeira Alemã era queimada. Gritava-se nas ruas.

`` Fim à escravidão´´

`` Fim à Europa``.

Edifícios governamentais eram incendiados, jovens em grupo com lenços na cabeça e armas na mão pegavam em gasolina e fósforos e incendiavam prédios despejando toda a raiva num crime ainda maior. Não se podia destruir uma nação, onde se pretendia viver em paz. Mas era preciso fazer uma limpeza, e nada melhor que uma guerra para limpar o que está a mais. Por mais que essas guerras limpem tudo, ficam sempre marcas incuráveis nas pessoas e nos edifícios. Era preciso pensar no plano de paz, para acalmar todos estes ânimos.

Os disparos continuavam por varias cidades do país, sobre os blindados militares do exército Alemão. Prédios a arder e pessoas tentavam fugir do fogo cruzado. Era inevitável ver pedras espalhadas pelas ruas derrubadas, com os disparos de alguns blindados que agora serviam de armas de arremesso, contra os militares. O cenário em outros países da Europa não era diferente. As fronteiras tinham sido ativadas e a passagem de país para país era agora mais difícil, e muito mais controlada.

Teriam que ser solicitados pedidos de autorizações para a obtenção de vistos para sair do país, o que poderia demorar meses até as coisas acalmarem. Edifícios do governo estavam a ser destruídos em vários países. A reforma política estava a ser feita pelo povo nas ruas. O que durante muitos anos fora construído com a ajuda da democracia, tendo simplificado todo um processo de escolha de governo nas urnas, hoje era nas ruas com sangue que se fazia essa escolha. A democracia perdia a sua credibilidade.

A revolta era grande por se sentirem enganados durante anos de má governação. As pessoas não queriam deixar a sua pátria sem luta. Temiam que o plano divulgado pela televisão independente para todo o mundo já estivesse em curso à muito tempo, e que pudesse ainda ser levado até ao fim. Antes que alguém reivindicasse isso já tinham tomado uma posição. Lutar até ao fim. A Internet. e as redes sociais começaram por reunir pessoas para se juntarem nas ruas protestando. Era preciso encontrar alguém que os ouvisse e os acalmasse. Os gritos de demissão dos governos era o principal slogan.

Johnny via da janela, todo aquele cenário de guerra. Se até aqui tinha sido difícil encontrar Rute, como ia ser agora. Se saísse a correr, à procura de Rute, acabaria no meio dos confrontos, lutando por uma guerra que nem era sua. A guerra que Johnny queria travar era a de encontrar Rute. Sempre fora esse o seu objetivo desde que saiu de Portugal. Ela era o governo dele. Era quem fazia disparar uma arma se tivesse que ser. Não concordava com nada do que estava desenhado no disco, mas não era a sua principal guerra. Tinha que encontrar Rute, e isso não lhe saia da cabeça. Temia agora ser atingido pelas pessoas ou pelos militares em fogos cruzados se saísse dali. Algumas vítimas já tinham sido anunciadas. Teria agora que esperar, que as coisas acalmassem, para ir ao encontro de Rute. Talvez na escuridão da noite lhe abrisse um caminho.

Os confrontos pareciam não ter fim. A ambição de dominar a Europa tinha ditado uma guerra. A terceira guerra mundial tinha começado pelo golpe do capitão Adawolf hoje presidente da Alemanha, com uma estrutura financeira montada, comprando empresas fragilizadas. A tentativa de conquistar a Europa sem armas através de um plano financeiro, era um plano excelente. Não haveria mortes, apenas um empobrecimento das pessoas e dos países que seriam obrigados a vender património. Por detrás disto estava a Alemanha, comprando tudo que podia. Ia emprestando dinheiro a quem não podia pagar, como durante anos muitos bancos fizeram. Depois não podendo pagar eram feitos acordos para se apoderarem de algum património e quem sabe de um país inteiro. Todo este plano teria sido executado até ao fim, sem que ninguém descobrisse. Se Rute não tivesse explorado o conteúdo do disco deixado por Bruno Cardona. Um mal maior podia ter acontecido, com a divulgação do disco estava instalada uma guerra. As reservas de ouro de muitos países tinham desaparecido, e as cores das bandeiras estavam hoje comprometidas.

As televisões continuavam a ter um forte poder na decisão das pessoas. Com organizações convocadas através das redes sociais e telemóveis concentravam-se em locais para atacar residências do estado. Muitas pessoas ficavam em casa com medo. Via-se através do quadrado ilusionista que durante anos trazia nascimento e criação. Hoje a informação transmitida para todo o mundo pelas televisões e pelas fotografias de jornalistas no terreno demonstravam toda uma realidade de destruição.

As pilhagens continuavam nas ruas com a vigia dos militares que entravam em confrontos com as pessoas para as evitar. As pessoas estavam agora entregues a elas próprias, até a estabilidade chegar. O que poderia levar alguns dias ou meses. Apesar de muitos dos incêndios estarem agora a ser extintos. Ainda era visível em cada esquina prédios e carros em cinzas. Os tons de várias cores das casas e prédios eram agora esquecidos e substituídos pelo cinzento. Johnny questionava-se, se o que tinha feito tinha sido o mais acertado. Tinha iniciado uma guerra, na loucura de encontrar Rute.

Capítulo Vinte e Quatro

O plano

O plano que em tempos não passava de um plano de união e desenvolvimento na criação de emprego e industria, e que funcionou bem durante anos, agora era mais um plano de ganância e liderança da Europa. Um plano já desenhado por Hitler usando as armas e a força para o levar a cabo. Hoje era mais uma conquista financeira na sombra, dos olhos de muitos. Adawolf desenhou durante anos todo este esquema, apoiou o financiamento com subsídios em vários países da Europa. Marchou lado a lado como presidente Alemão em vários países da Europa em visitas, presenciando as reuniões mas sempre com o desenho de tomar conta do pais e da liderança da Europa. Contratou vários grupos extremistas, quando precisava de desviar as atenções da Alemanha e do saque que pretendia.

A Alemanha tinha criado um excelente franchising. Uma Europa comandada pela Alemanha permitia vender tudo o que produzia. Tinham financiado países para não produzir e depender da importação, ao longo de gerações perderam-se empresas rentáveis, e pessoas que abandonaram as áreas como a agricultura e pescas, onde se tinham formado para produzir e sustentar uma economia noutros tempos.

Começava-se por destruir as principais empresas, depois comprando-as por valores inferiores do mercado. Uma vez compradas por investidores do grupo eram lideradas por membros do partido Alemão. Seria a primeira pedra em cada Pais. Comprar a maioria de empresas pela Europa dominando a economia. Depois iriam dominar os maiores bancos da Europa. Quem tem o dinheiro tem poder.

Quanto mais dinheiro fosse injetado nos bancos, maior poderia se tornar a sua fragilidade. O compromisso dos bancos no recebimento destas injeção financeira era que tinham de emprestar dinheiro à economia e às empresas seria um duplo risco, para os próprios bancos. No caso do incumprimento dos empréstimos seria o colapso da estrutura financeira desses bancos. Mais tarde teriam que nacionalizados, com um prejuízos na ordem de milhões de euros. Um buraco cada vez maior num país. Por fim aparecia o golpe final, já com o domínio da maioria das empresas e com os bancos sem dinheiro, era muito fácil fazer frente a uma economia sem liquidez financeira. Ficam sujeitos a entregar tudo o que mais pretendiam. Ilhas, casas, prédios, empresas e todo um país.

O vice presidente da Alemanha tinha planeado tudo isto durante anos. Seu plano de matar o atual Presidente da Alemanha e tomar conta do país correu na perfeição. Apenas não contava encontrar pelo caminho uma jornalista mexeriqueira, que depois, de ter conhecimento do disco e desconfiado deste plano, fez investigações pela Europa fora. Em seguida era só desativar todo um plano que vinha a construir há anos. Um plano que tinha em vários países, membros espalhados por várias empresas, espalhadas pela Europa, sendo o objetivo do futuro uni-las a empresas Alemãs tomando conta da Europa.

Rute tinha descoberto ao longo de algumas pesquisas e entrevistas, que havia um segundo plano para a Europa. Um plano um pouco à imagem do plano que Hitler e que os seus seguidores tinham planeado e determinado no século passado. A informação de Bruno Cardona e este misterioso disco entregue por ele tinham no seu interior um esboço que acabaria por trair o criador. Foi apenas uma questão de somar um mais um e seguir o rasto do dinheiro e da ganância.

Durante muitos anos a Europa ajudou vários países membros com apoios financeiros na ajuda do seu desenvolvimento. Muitos países aderiram a comunidade Europeia no encontro de se unirem a uma plataforma comercial mais rentável. Hoje não passava de um sonho perdido. Receberam dinheiros que em muitos casos, muito mal geridos facilitando bastante o plano criado, ou simplesmente deram mais credibilidade para que este plano existisse. Subsídio atrás de subsídio eram apenas prendas envenenadas. Foram muitas as produções e industrias que fecharam atrás de um veneno que destruía a independência de um país. Vendo que fora escolhido o caminho mais fácil um caminho de destruição, foi mais fácil comprar ao desbarato terra queimada.

Para manter os seus compromissos, os países estavam agora obrigados a vender os seus patrimónios a qualquer preço. Nomeadamente empresas e participações em empresas dentro e fora do seu país. Que seriam compradas diretamente ou indiretamente por membros deste plano diabólico, tomando conta dos países da Europa. Com uma Europa una e governada por um só homem, talvez houvesse coragem no meio de tanto sucesso e facilidade de quem sabe conquistar o resto do mundo. Ver a Europa pintada de uma só cor seria o primeiro passo. Por muito que se lutasse contra este plano a fome faria recuar muitas decisões.

Em tempos ouve um louco que tentou o mesmo sonho de dominar o mundo. E talvez o Adalwolf hoje Presidente da Alemanha fosse alimentado por esse sonho.

Era preciso reconstruir tudo o que fora destruído durante as últimas horas. Este acontecimento ia deixar muitos países a pensar no próximo passo. Ir-se-iam questionar se valia a pena todo o esforço de uma união, arriscando gerações de sofrimento para entregar uma pátria, ganha pelos antepassados com muita luta e sofrimento derramando sangue.

Estava pronta uma reunião de emergência, para curar a ferida agora aberta com o aparecimento das imagens transmitidas pelas televisões. O vice-presidente da Alemanha ainda estava em paradeiro incerto, comandando as suas tropas à distância. A caça ao homem já tinha começado e havia sempre a possibilidade de estar ainda na Alemanha. O plano fracassado, só poderia ser parado depois de desmantelar toda esta rede, montada à sombra de um governo durante anos, para tomar contra da Europa.

Desaparecido, mas não sozinho com ligações em vários países dentro e fora da Europa. Quantidades desconhecidas em barras de ouro foram levadas por Adawolf para garantir a sua sobrevivência. Ao longo de anos trocou dinheiro do estado por ouro comprado em vários países da Europa. O ouro era a moeda que tinha sobrevivido durante séculos, e tenderia a manter-se.

Durante anos a Alemanha esteve impedida, de construir armamento depois da proibição imposta, no fim da segunda grande guerra. Ao longo de anos fortaleceu a sua economia com a indústria, substituído a produção de armamento, e apostando no mercado automóvel e metalúrgica. Hoje o seu poder económico era solido e invejável.

Capítulo Vinte e Cinco

Casa de Alese

A televisão continuava ligada e Johnny tinha adormecido ao lado de Alese, olhando as televisões a transmitir as imagens de uma Europa em guerra cheia de manifestações. Concentravam-se em frente aos parlamentos contra as medidas que tinham sido tomadas, estavam revoltados com os governos e com eles próprios por se deixarem enganar durante anos.

Um barulho junto da porta de entrada da casa de Alese, foi o suficiente para fazer saltar Johnny do sofá. Alese, que estava ao seu lado, assustou-se com a rapidez com que Johnny se levantou.

- Estás à espera de alguém? – Perguntou Johnny.

- Não.

Johnny correu para trás da porta de entrada, enquanto Alese se preparava para abrir a porta. Não foi preciso abri-la porque quem estava do outro lado abriu-a com um pontapé. Entram com arma em punho e um dispositivo na mão como se fosse um telemóvel. Alese afastou-se tão rápido que até caiu. Nunca se tinha visto numa situação destas. Aquela invasão na sua casa tinha-a assustado. Dois brutamontes com cara de poucos amigos invadiam o seu espaço.

- Onde está o disco disse um deles?

- Eu... – Anuiu Alese.

Alese não teve tempo de responder.

Johnny apareceu pela retaguarda dos brutamontes saindo de trás da porta de entrada e com o pé direito atingiu a perna de um deles que o fez aninhar de imediato. Ainda não se tinha apercebido de onde tinha chegado aquele pontapé, já estava a sofrer uma pancada na cabeça com a arma de Johnny. De imediato deu mais um passo em frente, apontando a arma à cabeça do segundo homem que berrava com Alese, para que ela lhe explicasse onde tinha o disco. Ainda tentou virar-se, mas ao ouvir o barulho do puxar do gatilho deixou-o imobilizado, perdendo toda a coragem que o levou a rebentar com a porta e seguia as ordens de Johnny e deixou cair a arma no chão.

- Apanha a arma Alese. – Ordenou Johnny.

Sem saber o que fazer com uma arma Alese pegou nela. Nunca tinha tido uma arma na mão, o que lhe trazia um sentimento estranho a percorrer pelo seu corpo. Sempre pensou que as pessoas que teriam uma arma na mão se sentiriam superiores ou mais fortes. Para Alese essa não era a sensação que estava sentir.

- Agora vai buscar alguma coisa para amarrar estes dois. – Pediu Johnny imobilizando os dois com a sua arma em punho.

Alese não tinha algemas nem cordas para os amarrar. Ainda pensou em levar com ela o cinto dos roupões que encontrou na casa de banho. Mas achou, que talvez não fosse suficientemente forte. Acabou por pegar numa extensão elétrica.

- Achas, que isto dá?

- Por agora vai ter que dar.

Pegou no fio da extensão elétrica e amarrou os dois de costas voltadas.

- Será que fomos seguidos? Como chegaram até aqui? – Perguntou Alese.

234

- De certeza que localizaram o IP do teu computador na transmissão do conteúdo do disco. Quando enviamos o disco para a televisão independente, e o colocaste em alguns blogues deixaste um rasto na Internet. O suficiente para descobrirem de onde tínhamos mandado a informação. Acabaram por descobrir a nossa localização e depressa pareceram por aqui.

- Não sabia que o podiam fazer.

- Não é assim tão fácil. Mas é possível. Basta ter os aparelhos necessários, e alguns conhecimento informático, e depressa se descobre quem fez alguma coisa na Internet. Fica sempre um rasto na Internet., de cada vez que nos conectamos, quem por lá passa ou publica alguma informação deixa um rasto. Existem países que contratam pessoas para vigiar computadores do alheio para roubar ideias não registadas. – Disse Johnny.

Johnny pegou no aparelho que um daqueles homens trazia na mão. De início não sabia para que servia aquilo. Parecia um GPS portátil. Tinha indicado no ecrã do GPS um sinal no apartamento de Alese. Johnny começou por mexer nos botões minimizando o mapa.

- Alese, que querem dizer estas indicações no GPS? – Perguntou Johnny.

- Pelo que percebo, estes nomes de ruas aqui indicados marcam a nossa posição. É a morada de minha casa, foi assim que seguiram o caminho até nós. Existe um outro em sinalizado em Standt Park Steglitz.

- O que tem lá?

- É um parque. Árvores e algumas cabanas em madeira. Que eu saiba há muito que foi abandonado. Mais um investimento abandonado e vandalizado ao longo do tempo.

Em tempos paravam por lá alguns grupos de jovens que iam ali para acampar outros iam namorar ou ter a sua primeira relação. É um local muito isolado. – Explicou Alese.

Johnny começou a pensar. Se apareceram ali seguindo o GPS, e ocorrendo uma segunda indicação em Standt Park Steglitz, um pouco mais fraco. Tudo parecia ter uma lógica, dependia para quem a seguia. Podia significar, que um dos sinais era onde estava, no apartamento de Alese, o destino, mas o outro podia ser de onde tinham vindo, o local de partida e se assim fosse Rute podia estar lá.

- Pode ser onde está Rute. – Sugeriu Johnny.

- Pode ser um bocado arriscar. Mas só há uma maneira de saber. – Afirmou Alese.

- Tenho que ir até a esse parque pois, posso encontra-la lá. Este sinal não estaria aqui por acaso, tem que ter alguma coisa a ver com tudo isto.

- É muito arriscado ires. Lá fora está um caos. Podes apanhar uma bala perdida, e todo o esforço que fizeste para encontrares Rute de nada serviu.

- Por cada minuto que passam e não faço nada sinto que posso estar a tirar-lhe minutos de vida. – Concluiu Johnny

- Eu sei que pode ser egoísta mas ela pode estar já sem vida. Já passaram dois dias que não sabes nada dela.

- Eu sei

Alese via o desânimo de Johnny pelas suas palavras. Sentia o quanto ele estava a sofrer, só havia uma maneira de ultrapassar esse sofrimento, arriscando, ir ao local e ver com os próprios olhos. Só depois poderei abandonar a procura. Tinha ido até onde era permitido e mais além. Se Rute não estivesse em Standt Park Steglitz, nem tudo tinha sido em vão, tinha pelo menos divulgado ao mundo o conteúdo do disco e o plano maquiavélico do capitão Adawolf. Para alguém que tinha sido divulgado ao mundo o trabalho que Rute tinha feito, durante semanas ou quem sabe meses e nunca mais seria esquecido. O nome dela seria sempre associado a este grande mistério.

- Só há uma maneira de saberes. Tens que ir até lá. Se não o fizeres não vais ter paz e permanecerá um sentimento de culpa. – Afirmou Alese, reconhecendo o desejo de Johnny em continuar o caminho até Standt Park Steglitz.

- Emprestas-me o teu carro.

- Sim, toma as chaves. – Entregou Alese.

- Tomas contas destes dois?

- Vou aguardar alguns minutos, para dar tempo de lá chegares. Depois chamo a polícia.

Johnny abraçou Alese.

- Obrigado por tudo. Deseja-me sorte.

- Boa sorte. Vai ter com ela, já esperou demais coitada. Mereces encontrá-la pelo amor que lhe tens, e por nunca teres desistido de procura-la. – Concluiu Alese.

Johnny saiu do apartamento de Alese com as chaves numa mão e o coração noutra. Corria pelas escadas abaixo o mais rápido que podia. Saltava degraus de piso em piso, parecia que voava, tão veloz a forma que descia as escadas. Quando chegou lá fora pegou no carro de Alese voltou a olhar o GPS, para saber qual o melhor caminho por onde ir. Depois seguiu em direção a Standt Park Steglitz.

Capítulo Vinte e Seis

Encontro com Rute

A procura de Rute, para Johnny ainda não tinha acabado. As ruas estavam cheias de carros queimados e montras partidas. Várias pilhagens tinham acontecido durante esta revolução. As pessoas com falta de recursos e com os Bancos fechados optaram pelo caminho mais fácil, o roubo. Depois de ser lançada a primeira pedra, contra uma montra e verem o primeiro sair com um televisor debaixo do braço ou uma saca de fruta, era o sinal de partida para muitos outros seguirem o mesmo caminho.

Eram visíveis, alguns veículos militares em quase cada esquina, na tentativa de minimizar as pilhagens e os ataques. O clima de guerra estava instalado e já ninguém podia confiar em ninguém. Agora havia um grande caminho diplomático a percorrer e era preciso reforçar a confiança agora destruída. Havia de provar-se que havia muita estratégia mal direcionada. Seria um caminho longo para provar que muitos se tinham apoderado abusivamente do poder. As relações do passado talvez estivessem quebradas para sempre, ou simplesmente precisavam de ser refeitas de uma forma mais sólida.

Johnny seguia o caminho com os olhos fixos no GPS portátil, que apanhava o sinal de Standt Park Steglitz, e do possível local dos raptores. Tudo indicava que estava cada vez mais próximo.

- Tenho que te encontrar, já falta pouco. – Soluçou Johnny baixinho.

Ia conduzindo o carro e olhando fixamente o ecrã do GPS. Era a última pista que tinha. Se não conseguisse encontra-la agora teria que regressar a casa, não adiantava ficar mais tempo ali. Voltaria novamente à estaca zero. A sua estadia em Berlim estava a ser mais comprida do que tinha planeado. Nunca se sabe quanto tempo demoramos quando colocamos o coração à frente da razão. Mas tinha feito tudo o que lhe era permitido para encontrar Rute. Fez quilómetros com o seu coração nas mãos, numa procura cega pelo seu amor.

A sua esperança de encontrar Rute com vida tinha diminuído. Nunca mais obtivera uma resposta dos raptores. Estava a poucos metros de entrar no parque Standt Park Steglitz, junto do rio Spree. Era um sítio muito bem pensado para não serem encontrados, pois era calmo e discreto.

A extensão do parque sendo um local tão isolado, poderiam tê-la morto ali mesmo, e enterra-la no meio do parque. Não seria fácil encontra-la. Não descartando a hipótese de a terem atirado ao rio Spree a poucos metros de onde se encontravam. Johnny parou o carro mesmo em frente à cabana onde o sinal determinava a localização.

- É ali. Tenho que entrar discretamente. Devem ser mais que um. – Planeou Johnny olhando ao seu redor.

Johnny pegou no GPS e desligou-o. Em seguida ainda com na sua arma na mão, atravessou a relva a correr até chegar aos primeiros degraus da cabana. Sempre com a arma baixa, olhando para todo o lado. Chegou junto da porta de entrada que dava acesso a um pequeno átrio de entrada. Uma porta do lado direito estava meia aberta. Johnny resolveu espreitar. Empurrou-a com a ponta da bota e entrou de rompante apontando a sua arma em todas as direções. Quando entrou avistou por fim Rute.

- Rute, estás bem. – Gritou Johnny correndo na sua direção.

Rute estava amarrada na cadeira de rodas com uma fita adesiva tapando-lhe a boca. Um dos raptores estava estendido no chão ainda com o telefone numa das mãos. Tinha sido atingido por parte de uma parede que tinha caído sobre ele. No meio das explosões a cabana onde estavam escondidos fora atingida, acabou por derrubar essa parede atingindo-o acidentalmente. Se Johnny não tivesse ido à procura de Rute, ela acabaria por morrer ali em silêncio. Não havia mais ninguém por perto. Teria ficado ali no chão até ao último suspiro. Era um local isolado e abandonado, Rute estava indefesa e sem forças, para lutar pela vida por muito mais tempo, sem comida nem agua. Agora um pouco mais destruído com as explosões que tinham acontecido o parque continuava a ser isolado e distante.

Johnny desapertou as cordas com muito cuidado. Não sabia como ela estava, e a tudo que esteve sujeita, podia ter alguma parte do corpo em muito mau estado ou partida. Em seguida tirou a fita adesiva, que tapava a boca de Rute. Deu-lhe um pouco de água e ajudou a levantar-se. Quando a viu solta abraçou-a o mais que pode.

- Estás bem? – Perguntou Johnny.

- Sim. – Respondeu Rute.

- Johnny suspirou de alívio.

- Como, conseguiste encontrar-me? – Perguntou Rute.

- Segui o teu perfume. – Ironizou Johnny aliviando a tensão do momento.

Rute não disse nada, não teve força nem para soltar um sorriso às asneiras de Johnny.

- Consegues andar? Estás bem?

- Estou, quer dizer, estou viva. Pelo menos por enquanto. Nunca pensei sair daqui com vida, muito menos nos teus braços. – Concluiu Rute.

Johnny continuou abraçado a Rute como se nunca mais a quisesse largar. Tinha percorrido Berlim sensivelmente inteiro para a encontrar. Não tinha sido fácil aguentar a pressão e o medo de não a encontrar. Rute não imaginava o quanto era importante para Johnny. Estava um bocado mal tratada, tinha sofrido profundas agressões, mas ao mesmo tempo sabia que tê-lo ali era uma prova de amor muito grande. Não esperava ser salva por ele. Se é que a esperança de ser salva e de sobreviver não teria ficado no quarto de hotel, quando lhe foi apontado uma arma.

- Como chegaste aqui? Perguntou Rute.

- Não foi fácil. As coisas lá fora estão agora um caos, o cenário é de guerra. As pessoas estão nas ruas com pedras na mão, e tudo o que encontram à sua frente, serve como arma para atacar os militares e os edifícios governamentais.

- Porquê? O que se passou? – Perguntou Rute.

- Tudo por causa do que tinha o disco. Acidentalmente encontrei-o no relógio que deixaste. Foi divulgado pela televisão Independente para todo o mundo.

Rute saiu da cabana abraçada a Johnny. Olhava à sua volta, via casas destruídas e viaturas queimadas. Prédios que ainda libertavam fumo, dos incêndios causados pelas explosões. Enquanto uns lutavam para a queda do pequeno período de presidência do capitão Adawolf, outros seguidores e submissos ao poder iam abatendo quem se opunham e a quem aparecia à frente. Com muita dificuldade Rute lá conseguiu entrar no carro de Johnny.

Encostou-se para trás de alívio. O cansaço era notório, e as mazelas evidentes. A cara marcada com alguns cortes e um pouco inchada mostravam a gravidade das agressões que tinha sofrido, tinham sidos dias muito duros sem dormir e sem comer. Estava cheia de medo com o que lhe podia ter acontecido durante os últimos dias.

Johnny fechou a porta do carro do lado do passageiro e entrou para o lado do condutor. Olhou Rute e fez um pequeno sorriso.

- Vamos para casa. – Disse Johnny.

- Vamos.

Rute olhava tudo à sua volta, destruído. Nem força tinha para lamentar tudo o que via, levava agora com ela a esperança de ter cumprido o seu dever de jornalista, mesmo tendo corrido perigo de vida.

- Estou a ver, que quase destruíste Berlim, à minha procura. – Ironizou Rute.

- Não estava nos meus planos, mas teria destruído o mundo, para te encontrar. – Concluiu Johnny.

- Onde iríamos viver depois? – Perguntou Rute.

- Viveríamos em cima de uma jangada, ou de um barco. Remaríamos até encontrar uma ilha abandonada. Lá viveríamos de amor e água fresca. – Afirmou Johnny sorrindo.

- Com o conteúdo do disco transmitido na televisão Independente. No vosso canal televisivo apresentado por Cristina para todo o mundo talvez tenha destruído algumas ligações da Europa. Pelo menos a solidez na união que faziam questão de mostrar. – Concluiu Johnny.

- Ainda bem que deixei o disco contigo.

- Sim. Penso que foi o que te manteve viva. Enquanto eles não souberam do paradeiro do disco, mantiveram-te viva. Depois de ter encontrado o disco uma das exigências minhas exigências era manter-te viva, para uma possível troca. Seria a única hipótese para eles recuperarem o disco. – Explicou Johnny.

- Sempre valho mais que um disco. – Disse Rute, acariciando a mão de Johnny.

- Só iria desistir quando te encontrasse. Nem que estivesses em Marte, eu iria encontrar-te. – Afirmou Johnny, mostrando o seu amor por ela.

- Agora que falas nisso, tenho que fazer brevemente uma reportagem lá. – Disse Rute em tom irónico. Sentia-se feliz por Johnny a ter salvado.

- É um bocado longe para te ir procurar. – Afirmou Johnny rindo.

- Esperemos que não seja preciso, seria muito mau entrar em guerra com extraterrestres. A não ser que recorresses aos lutadores da guerra das estrelas.

Rute e Johnny seguiram a viagem de carro para casa, a Europa estava agora ferida. Era preciso curar as feridas desta guerra. O presidente da Alemanha continuava a monte sem paradeiro certo. O plano de dominar a Europa fez com que o mundo entrasse em guerra. As faltas de mantimentos em algumas lojas eram evidentes. Temia-se a abertura de algumas lojas com medo de assaltos e roubos.

Muitos parlamentos e palácios governamentais foram destruídos, com intuito de destruir uma política de fascismo. Essa atitude mostrava bem o descontentamento do povo pela Europa fora. Novas medidas de credibilidade tinham que ser impostas. Países durante anos foram usados na construção de um plano de ganância. Não se sabia ainda quantas pessoas tinham morrido no silêncio desta ambição. Era a revolta de um povo que se sentia enganado pelo que fora divulgado nas televisões. Estavam a perder uma pátria, e uma liberdade conquistada, pelos seus antepassados.

Agora havia um longo caminho político pela frente para voltarem a abrir as fronteiras e encontrar a paz. Um novo mundo ia ser construído com pena de uma nova revolta. As pessoas estavam mais informadas e os governos mais intimidados. Nada melhor que sacharas os campos para que se eliminem as ervas daninhas e os frutos cresçam fortalecidos. Alguns Países faziam pedidos para saírem desta união de sacrifício. Uma ilusão de riqueza com um preço muito alto.

.

FIM

Índice

248